现代、古典诗集

秋水无痕
——心迹吟草

QIUSHUI WU HEN
—— XINJI YINCAO

沈煜◎著

时代出版
时代出版传媒股份有限公司
安徽文艺出版社

图书在版编目（CIP）数据

秋水无痕/沈煜著.—合肥：安徽文艺出版社，2019.6
（2023.4重印）
ISBN 978-7-5396-6567-2

Ⅰ.①秋… Ⅱ.①沈… Ⅲ.①中国文学－当代文学－作品综合集 Ⅳ.①I217.2

中国版本图书馆CIP数据核字(2019)第020011号

出 版 人：姚　巍
责任编辑：姚　衎　　装帧设计：徐　睿

出版发行：安徽文艺出版社　www.awpub.com
地　　址：合肥市翡翠路1118号　邮政编码：230071
营 销 部：(0551)63533889
印　　制：阳谷毕升印务有限公司　(0635)6173567

开本：710×1010　1/16　印张：24　字数：120千字
版次：2019年6月第1版
印次：2023年4月第2次印刷
定价：39.80元

(如发现印装质量问题，影响阅读，请与出版社联系调换)

序一

人生指缝中的幽香

——读沈煜先生诗文集有感

许福芦

友人推荐我拜读沈煜先生的诗文集《秋水无痕》，并介绍说先生也曾在绿色军营奉献青春，风雨沧桑而文学初心历久弥新。这让我肃然起敬，从心底涌出惺惺相惜的感情。半个月的审美漫步，我愉快地读完了先生的诗作，最后读到小说《风雪夜归》，突然被记忆深处一颗飞行的子弹击中。那还是20世纪80年代，我在安庆军分区工作，有一年全省组织国防主题文艺会演，各地、市竞相准备参演节目。作为受到全国表彰、被誉为华东地区国防教育"一朵小花"的安庆市，兴师动众用黄梅戏剧团青年名角，精心排演了一出感人肺腑的小戏，正是《风雪夜归》的情节。当时我就十分敬佩文学原创者的才华与智慧，特别想有个机会能够当面请教。然而红尘滚滚、时光荏苒，这个愿望终未实现。没承想时至今日，我能再次与这个作品不期相遇，而且还有幸能在更为广阔的创作背景上认识作者，深感快慰的同时，也平添了一份对于诗人沈煜先生精神的领悟。

我一向偏执地认为，诗歌是文学体裁大家庭中的"老祖母"，觉得诗人就是上苍派到世俗人间来做布施的"灵童"与"天使"，那种自觉不自觉的敬畏之心总会油然而生，它逼视着自己对于诗歌与诗人从来不敢轻慢。在我有限的文学教育经历中，也格外重视

"诗教"的冥冥之力。我总是想,所谓"文化化人",不去触碰文学终是枉然。而这种"触碰"又不是漫无边际的闲谈,需要有个恰当的切入点与抓手。那么,最直接、最有效、最实质的途径,莫过于拥抱诗歌。换句话说,一个怀揣文学梦想的人,一个期望成为"文化学者"的人,没有"诗心"便无从谈起。你可以不碰诗,但不可以没有诗心。

沈煜先生的诗心,在他的《秋水无痕》中可谓生气勃勃。那是蹚过四季节令依旧盎然焕发的美丽生命,是捧出了玫瑰的双手,在指缝中散发的清幽余香。它时而淡雅时而馥郁,时而澄澈明亮,时而沁人心脾,是我熟悉却又陌生的一种审美体验。在我过去的文友中,不乏从军营起步登上文学艺术象牙之塔的,以至于常常感喟身后这片壮丽的绿色,并非只有金戈铁马、碧血黄沙,倒真正是充满生命性情的方阵。而沈煜先生的文字又让我感到别种惊讶,超出了我既往的经验判断,仿佛是从疏于戒备的栅栏中脱缰而出的战马,驰骋在更为广阔的人文原野上,正所谓"立马空东海,登高望太平"(《立马峰》题记)。那种怀抱着信仰的利剑而对自然生命的敬畏之心,那种在悲剧意识指引下对残缺之美的幽微洞察,那种国防责任与使命担当,以及少有的私密感情中斑斑点点洋溢出的返璞归真,都能激起我灵魂深处的层层波澜。

自由诗占据了诗文集《秋水无痕》的较大比重。从这些诗作中,我首先看到了沈煜先生厚实的生活底蕴。它为诗人的雄阔豪迈之情奠定基础,同时也提供了坚实的逻辑实证——曾经"踏碎了多少关山残月,闯破了多少敌阵连营",才会拥有立马高望的气魄。或许正因如此,诗人对皇天后土怀有更为深切的谦卑之心,他的"大无畏"始终被严实地包裹其中,生命意识的个体情感与整体价值,永远都在千斤重压之下有节制地奔突。故而先生诗歌的生命意识指向，它的精神方位，就总是在对于自然宇宙的虔诚与敬畏方面。其诗句无论透过怎样的事理具象将意蕴贯注于诗歌的情理意象，都会让人看到一面隐形的“灵旗”在高高飘扬。我们在“该沉没的就让它沉没／不该沉没的必然载来丰收”（《邮票》），“该扬弃的坚决扬弃／该收获的大胆收获”（《秋（外一首）》），“该丰满的必然丰满／该干瘪的自然干瘪”（《秋果》）等这些重复吟唱的句式里，不难看出诗人面对自然大势的积极顺应；而从“时光在驼铃声中走远／生活在驼铃声中甘甜”（《骆驼》）与“灰尘在你身上打盹／怎么也唤不醒／时间的封条／贴在黑色的脸上”（《包公祠》）等这些想象奇特的吟诵中，看到的同样还是“该”和“不该”的价值翻版。它或许是诗人品评现实人生时所体味到的苦涩与无奈，但这样一种情境的真实写照，无不触到诗人心灵深处的细微痛感。这种看似无意识的咀嚼，更让其“谦卑”与“敬畏”之情跃然纸上。

如果说上例中的吟咏，是沈煜先生怀抱自然生命的一种被动情愫，那么在他俯察民本的热烈姿势中，我们看见的就是诗人不加掩饰的主动“逆袭”了。他“以意逆志”所做出的迎合，适时发起对于情理高地的蓄意冲击，以至于整诗洋溢着浓厚的伦理意味，几乎笼罩着诗文集中每一首自由诗与古体诗。在浩瀚宇宙面前，诗人想到的是“根须深深地扎进了大地／风才吹不倒你的信念／……对脚下的泥土／对泥土中的希望”（《老树》）。诗歌义无反顾地拥抱大地，表达深深扎根的愿望。那种让人由衷感动的力量，同样来自可贵的“谦卑”与“敬畏”。显然，这是沈煜先生对于生活的基本态度，是他所希望坚守的价值信仰。他心心念念要“用纯洁雕塑世界／用淡雅装饰人间／用美丽的祝福／慰藉跋涉者的艰辛／用甘甜的乳汁／

滋润着秀丽山川”(《雪花》)。而这一切的前提,又都是对于大地的执念。它是一种主动作为的人生态度,赋予了生命积极的意义。先生的抒发,照例还是谦恭而卑微的,仿佛非如此就不足以点破其内心对于自然生命的敬畏之意。

诗人回眸自然生命最为炽烈的情感,应属其对现实流俗顽强抗争的决心。这种生命内在的使命职责情怀,为其生命的社会外在之国防担当,提供了恰到好处的注脚。因而他所有打上主流意识色彩的诗作,都脱出了我们习见的那种宣教口号模式,而自然沉入生命内部,发出丹田之声。我们读到的是生命顽强的低吟如涓涓细流,是暗夜中悄无声息在路边的烛照,如同忠于职守的“路灯”——“目光穿透夜的隧道/守护着彩色的恬静/寂寞蚕食烦恼/淡泊雕塑灵魂/捧着一颗无瑕的心/温暖人间梦境……不负痴情/默默无闻”(《路灯》)。因为这“烛照”,铁匠挥舞的铁锤以四溅的火星向世界讲述改革者与建设者的故事(《中国铁匠》),沉默的“珍珠”也会说出不为人知的埋没之苦及隐忍中的爆发之力(《珍珠》),喂养了干瘪的岁月之荠菜,其香味中竟能回望到初心(《荠菜》),而古老长城的“每一块砖石/轻轻一叩”,便“呼啸而出”,发出“铁马冰河滚滚烽烟”(《长城,永恒的风景线》)。在诗人的笔下,峥嵘的老树新枝旁逸,会隆起一个个幻想(《春雨》),安然而眠的战神,总在睁着半只眼睛盯住历史(《战神》)。而一个皖东的小镇,因为战争之痛,生长出了带痂的翅膀(《半塔》)。当然,除了这些铿锵声之外,先生也有悲愤难当、放声号哭的时候。但那大都是换位于历史情境,诗人站在特定人物的立场上,借助人物之口,发出不平之声或是警钟之鸣。如自由诗《登刘公岛有感》中“民族恨未雪,家国仇难消”这样的愤慨,就是借助历史英雄邓世昌之口,迸发出满怀愤懑的抑郁之声。

当思绪回到古昔，文字回到古体诗的吟唱方式，沈煜先生似乎就不自觉地涌出更为温暖的家国情怀。诗人的精神生命仿佛由此蜷缩起来，像一只紧握的拳头，或是母腹中的胎儿，又像是轻轻拢起的寒风中的花瓣，在些微的瑟瑟感中，恍若整个世界也归于静寂，一些个别具体的情感体验，一些现实俗世的人伦理念，自然而然如同月光漫洒，在深夜的丛林中流泻。虽然从表面上看，先生的古体诗更拘泥于格律形式，有种带着锁链跳舞的感觉，而穿过形式的藩篱，还是更容易看到我们愿意看见的东西，比方说那种诗人最宝贵的“慧”与“真”，那种认同普世性价值的热望，那种寻常不愿示人的私密情感，都在轻轻抚摸着我们柔软的内心。以这首《茶颂》为例：

超凡脱俗山中秀，弄月吟风岭上花。
雾里天生云做伴，禅茶一味是诗家。

诵读诗句本身就如同品茗一杯新茶，由“山秀”而“风花”，由“月照”而“云雾”，终至“禅诗”……这岂是一般的触景生情？分明是活脱脱一壶渐泡渐浓的茶事啊，诗意盎然，且步步生发开去。诗人由品茗而渐至怀人，继而进入神思。细细吟来，活色生香的滋味端的爽利。

还有这首《定风波·泉月》的句子，婉约中的骨感，更是令人叫绝：

雨后湖山满目秋，月光缱绻恋西楼。寂寞梧桐栖倦鸟，祈祷。无形无影更无啁。　　暗地谁人弹绝诀，凝噎。琴声渺渺送孤舟。弦断魂销泉涌泪，心碎。指间流淌几多愁。

诗人上来就剑走偏锋，先是形式的不拘一格，让人略微感觉不适。然而心理"跳脚"之后，稍加平复，就会发现在"寂寞梧桐栖倦鸟"与"无踪无影更无啁"之间，乍然蹿出"祈祷"二字的奇妙所在。它不仅是推进抒情主体的急转，更是稳实诗歌题旨的"垫脚"，在满湖满山香软气息的滚滚流向中，突然就打了个"旋"儿，让人心头不禁咯噔一声。此间那种不期而然的蹉跌感，犹如号哭声中难以抑制的抽泣，猛然间一个猝不及防的断顿，强力加重了诗歌情绪的波折，产生鲜明而尖锐的心理刺激效应。

在诗歌的语词审美追求中，梦境与童真总是令人忘不了的，格律诗之"格律"，仿佛给沈煜先生递上了一根平仄魔杖。诗人一杖在手，往往肆意挥洒，不经意间就有形神兼备的效果，且字字句句都写着"情真意切"，毫无做作之感。以这首《行香子·踏青》为例，就有多种可圈可点之处：

雾漫山冈，雪遁村庄。借东风，吹散迷茫。携亲唤友，寻觅春光。看鱼儿游，鸟儿唱，蝶儿忙。　　隐隐红装，点点金黄。丹青手，难绘芬芳。蓦然回首，对对鸳鸯。正雨同行，水同戏，梦同香。

另有一首《荷塘童趣》，更是让想象中的"境地"回到一丝不挂的天真状态，无疑比上述"人"的复归更为彻底、更加纯粹：

光头顽伴不穿纱，蹿入湖中露豁牙。
东躲西藏嬉水仗，你呼我叫捉鱼虾。
高擎一顶青莲笠，低看三分红脸霞。
长串蛙声提在手，满篮得意挎回家。

这是一幅多么精彩的童趣画面啊，孩提时代顽劣嬉戏的情景可说是呼之欲出，吟者但凡来自乡村，闭上眼睛即入画境，而且我敢说，通常会再也不愿睁开。那或许就是疲累人生的绝妙去处，仿佛天外飘来了父亲的呵斥、母亲的呼唤、伙伴的吆喝、爷奶的轻叹——当然还有鸡鸣狗吠及老牛的哞叫，还有袅袅炊烟，还有青草穗花与庄稼籽荚的阵阵清香。不用说“敬畏”与“挚爱”这样的词语，也不用说“初心”这样的行话，在如此鲜活的自然物语面前，一切尽在不言中。

就诗格而言，沈煜先生的白描功夫自此可见一斑。而更让人动容的还是先生情绪内转的另一种直抒胸臆。这样的诗作每每直击要关，即便是先生自苦孤寂之吟，因为性情至真、跃然纸上，也能一下子就会将人们拖入情感的深渊。如《灯影》这首小诗，寥寥二十个字，字字皆有戳心的寒凉情味：

独坐孤灯下，寒风陪寂寞。
相思忆落红，泪眼望飞鹤。

再看《蝶恋花·寒夜》这首词，以“山”与“雪”的映照，极写人间生死之结，把人的内心孤寂与悲切，表达得淋漓尽致：

伫倚西窗风问月。望断飞鸿,依旧音尘绝。雪恋寂山山恋雪,香消魂瘦相思折。　犹忆当年生死结。比翼同翔,倾倒情人节。美景良辰成永诀,寒星照影空悲切。

沈煜先生古体诗的情感色彩,鲜明到几乎可以用晶莹剔透来形容,先生的人格、性情也可以由此清楚地读出一二。同样一轮明月,当先生孤灯独坐时,便有寒风落红之凋敝,唯见断鸿尘绝、香消魂瘦,大有欲哭无泪的暗无天日。可是,当乱云渡却、千帆过尽,那个盛满了鲜花与美酒的世界,立刻光洁明亮起来。我们不难想象,先生又开始面向海天,坐看阴晴圆缺、潮起潮落了。这样醉心的诗作,在《秋水无痕》中不在少数。它似乎轻而易举就做到了情景交融,意境深远,读来让人优哉游哉,有种忘乎所以的自在感。最叫人爱不释手的当数那首《云乡》(二)。我非常喜欢那份阳光朗照下的朦胧之美,喜欢那份从容与悠然的佛道心境,最重要的是那份看破而不说破的儒者之风与智者之思——

水暗山明月笼纱,早耕鸟语晚荷霞。
清风沽酒评今古,细雨吟诗看落花。

窃以为,感喟生活,百种人生万千风情,唯有善于掠美的慧心,方可备尝别一种俗生活的滋味,也才当得起"风流倜傥"四个字。所以私下常有如此痛彻省悟:人生不在于如何的"好",而在于如何的"多"。过去在课上常说,文学是人生的共同科目。实际所指,无外乎还是有颗与日常生活同步的掠美之心。贤哲圣言在先,美是无所不在的,生活中不缺少美,只缺少发现美的眼睛。人有"发现"之功才会拥有纷繁的人生，而发现了又把它开掘出来，无私地与人分享，可谓功莫大焉。正所谓赠人玫瑰手有余香，有香味的人生才是素净的、激越的、宁和的、生机勃勃的。最后，我愿意吟诵着先生的这首《雪意》轻轻搁笔：

当你用洁白的故事
覆盖大地的时候
美丽的童话在人们心底
开始抽芽
咀嚼劳作的艰辛与喜悦
这时祝福纷飞
世界呈现祥和
感情堆积很厚
很厚
相思迈着绵绵的步
穿越四季
重温春梦

恋情化作晶莹的温柔
山，摇远重影
风景开始厚重丰满
贮存那么多诱惑
正是为了激情的宣泄

水，纤细温柔

用大自然恩赐
为悦己美容
孤立在旷野里的老树
沉默不语
是为了构思梦想
风　停住了脚步
欣赏窗花新作

炉火翻烤
关于渴望的话题
太阳从雪的家族走过
爱与恨　得与失
在回忆中对话
希望被爆竹吵醒
岁月深处　生机开始萌动

踏响白色无垠氛围
深一句，浅一句
吟诵雪意
重一笔，轻一笔
勾勒春的轮廓

我幸福地遇到了这首诗作，它美丽得叫人心颤。我要感谢好友的推荐，得以通过《秋水无痕》与诗人沈煜先生隔空神交。此刻，我感觉自己的内心就像飘落的雪花一样，是那么素洁而宁静。面对这个过于嘈杂的世界，我将敢于素颜以对，也敢于在人境的温暖中默默融化。

2018年2月7日于京西魏公村

（作者系军旅作家、解放军艺术学院文学系原主任、教授）

序二

心声一曲可称奇

潘培咸

沈煜会长：

诗文稿均已拜读，受益良多。我早已说过，您的诗写得很好！我自叹不如。这次全部拜读，更觉得不在一条起跑线上，由我来评，岂不让人笑掉大牙！既已拜读，又不得不写点什么，以便交卷。

纵观您的传统诗词和文章，深觉您在我们老干部中，是一位很有才华的人，是一位多才多艺的人，是一位勤奋好学的人！您的诗具有鲜明的个人特色，将艺术语言称之为风格，所谓风格主要指作家在艺术创作中的个性，由于各人的经历、艺术的素养、气质的不同，作家在处理题材、描绘形象中的表现手法和语言都各有特色。这就形成作品的个人风格。纵观您的诗文，一是您的诗在结体、命意、炼字、炼句方面，都有很深的功底，做到雅而不俗、活而不涩，特别律诗中间两联，对仗工整、文笔娴熟，这是没有较深语文修养，特别是文言文基础的人难以做到的。二是清空。《西圃诗说》中说，“诗之妙处无他，清空而已”！然不读万卷书，岂易言清，不读破万卷，又岂易言空哉！所以，诗圣杜甫说，“读书破万卷，下笔如有神”。神者，清空也！您的诗，这方面特色非常明显，无引言、无注释，干干净净，语言明白晓畅，寓意让读者去思考。三是您的诗中，许多好的语句似曾见过，然他人若想找其出处，即使花大力气，也不会找到。

实际上您是好学好诵读的人，又是记忆力十分好的人，大量阅读中外好句好词，阅读后您都熟记在心，到了用时化为己有，成为自己的创作。只要对诗词有所研究的人，都可从您的诗句中找到验证。

综观上述，您的诗基本上属于学人的诗，不像我的作品脱不了俗气！澳门大学教授施议对先生称为“老干部体”，登不了大雅之堂！作为好友，写了这几句话，望勿见怪！

华章字字若珠玑，意远境高造化基。

述志抒情风格现，心声一曲可称奇。

专此

敬礼

2018年1月28日晚

（作者系合肥市人大原副主任、庐州诗词学会创会会长）

序三

一川秋水　灵露清风

盛法

沈会长：您的格律诗词，南竹兄已作了精当点评。其实，您的新诗也有许多精彩之处！

这一川秋水，宛若灵露清风，沁人心脾。那《老树》《长城，永恒的风景线》《碑韵》……是中华古国的民族魂；《雪花》《脚印》《秋梦》……如大地之乳，流淌着人间真情；《一个当代"红嫂"的故事》，写出大爱，《举杯迎春》，乃时代之声；我最欣赏的是《秋语》，风姿绰约，有整齐美，有参差美，也有音节、和韵，也有排比、对仗等传统诗词的艺术因子，传递着格律诗与自由诗融合的信息！

哲人曰：

大音希声，大美无形，
大道无名，大爱无痕。
斯言也，"虽不能至，心向往之"。

特作：

临江仙——奉题《秋水无痕》

（次世全兄《读秋水无痕诗文集》原韵）

佛曰因缘天曰巧，衰年有幸逢君。既敦直谅又多闻。云涛流岁月，梅笛谱松筠。　　秋水新篇何所似？茫茫九派清真。最深沉处见诗魂。心怀千里志，笔写万家春！

2018 年 3 月 6 日

（作者系安徽省诗词学会、省炳烛诗书画联谊会名誉副会长）

序四

临江仙·读沈煜兄《秋水无痕》诗文稿

陆世全

深谢前年吟唱处，古稀佳遇沈君。恰如淝上久传闻。无波真古井，有节是秋筠。

自此交游朝盼夕，当今浮世谁真？华章拜读识诗魂。尘世消解尽，留住道心春。

2018 年 2 月 6 日

（作者系安徽省诗词学会会长、安徽省炳烛诗书画联谊会名誉会长）

序五

理趣及其他

——读沈煜诗词散记

汪奇圣

在一个偶然的机会，我读到沈煜先生的一首七绝，题目叫“新韵”，文曰：“诗海扬帆破浪行，也装风雨也装晴。蓬莱不拒虔诚客，送上满船平仄声。”当即眼前一亮，感觉写得好。首先是视角独特，观点新颖，态度明朗，充满激情。在新韵旧韵时有争论的今天，作者不避嫌疑，不偏不倚，与时俱进，海纳百川，用自己的实际创作体现了“继承”，又用满腔热情拥抱了“创新”，与马凯同志所说的“求正容变”的精神完全一致。其次是这首诗的艺术表达：内含缜密逻辑，外有鲜明形象，比拟恰到好处，遣词委婉动人，格律精严，情怀博大，旨趣幽远，诗意盎然。当我读到“送上满船平仄声”的收句时，不禁拍案叫绝：“妙哉！妙哉！反客为主，真是佳制。”其时，我与沈煜先生虽有初识，但不知根底，班上有庐州诗词学会诗友告诉我：他是合肥一个部门领导，原来写新诗，在报刊上发表了不少好作品，现在也在作古体诗。潘老要从会长的位子上退下来，请他出任会长，他为人低调，一再谦让，不想干。我说，潘老会长自是慧眼识人，沈先生要真的接棒，应该是一个“开明君主”。

《新韵》明摆着是一首说理的诗，这样的诗通常表达为“理趣”。前人有：“诗贵有理趣，不贵下理语。”如苏轼《题西林壁》：“横看成岭侧成峰,远近高低各不同。不识庐山真面目,只缘身在此山中。”苏轼应该是即事题诗,通过这首诗,让人认识到站在不同的角度,对事物所做的观察和结论是不一样的,这就是理了。但他是从庐山变幻不定的形象出发(其实是因人的视角的变化而随之产生的印象),用了夹叙夹议的诗语,而不是演绎逻辑的理语。从形象出发,使人感到可亲,可近,有趣味,故曰“理趣”,而理性语言往往枯燥乏味。不过,苏轼的诗句仍是直言式的表达,使人感觉在说道理。唐人王之焕的《登鹳雀楼》“欲穷千里目,更上一层楼”,杜甫的《望岳》“会当凌绝顶,一览众山小”皆属此类,前面以形象化的语言起篇,后面以理趣的语言收结,并不是简单地演绎逻辑,而是熔景、事、情、理于一炉,这样的诗一般不以言情志见长,而是富于思智的启发和哲理的探讨。相比以上前贤而言,沈诗“蓬莱不拒虔诚客,送上满船平仄声”,乃是巧妙地回答诗坛上一个久久争论的问题,作者表达的思想是:无论新韵旧韵,只要符合推动传统诗词创新发展,满足全社会不断提升的文化需求,都会受到人民大众的欢迎和支持。全诗用比喻和借代,但真意豁然,含蓄而不晦涩。这里面是有很深刻的认识,但他的表达则采取了隐言式。隐言式表达同直言式表达的区别在于,直言就是从事物本体出发,揭示其中的道理,换句话说叫作“就事论是”,隐言往往通过喻体说明道理,透示旨趣,属于那种弦外之音,韵外之味。唐代诗人刘禹锡作《酬乐天扬州初逢席上见赠》,诗中曰:“沉舟侧畔千帆过,病树前头万木春。”诗里看唯本体,但读者很自然地由本体产生联想,知道他讲的是新陈代谢万物化生的道理,此两句都是用比喻来说明一个问题,就整个篇章而言,不是写景,无关叙事,是充满哲理的智者睿语。

沈煜先生的诗词作品中富有理趣的诗句还有很多,我这里略作采撷，可供欣赏。

苦作甜时甜亦苦，非当是处是还非。
佛在心中心即佛，爱随水势水为诗。
逆行总是遭雷雨，得道终能出舜尧。
莫谓飞花能养眼，登高更见太阳红。
若离若即有终点，相伴相依无绝期。

这些诗句语言精练，内涵丰富，有的解析是非苦乐的辩证关系，有的阐发佛心与人心的契合，有的总结得道与失道的因果，有的说明事物表面的灿烂不能代表实质的辉煌，还有的是讲人情冷暖的微妙处境与变化，字字句句都凝聚着诗人智慧与历练的结晶，彰显着正义和道德的力量。古往今来，正是这样的文化和艺术的一束束光辉照亮着人类前行的脚步，引导着社会航船绕过暗礁，驰抵彼岸。而诗人自己也正是在对人类社会和自然界长期的不停顿的求索中，逐渐地站得更高，看得更远，想得更深，变得更加聪明智慧。我们不妨来读一下他的《登天都峰》："既上天都即入空，红尘无挂戏飞鸿。且将乱象分开去，过眼烟云一阵风。""空"在此诗中是个很显眼的字，但不要误解。诗人是借用了"遁入空门"这句佛家语，来表达自己已经攀登上新的境界，在这里，他可以与飞鸿为伍，将乱象分开，视一切功名利禄和人事纷争如过眼烟云，随风而逝，因此，他得到的是清心、玉骨和浩然之气，将朝着更远大的目标展翅翱翔。这首诗一般可看作抒情言志诗，我以为字里行间同样蕴藏着浓厚的理趣。实境而外，"天都峰"是诗人为自己设定的理想、道德和艺术的崇高境界，为此，他必须与世俗分离，同旧我告别，交益友，行大道，而绝非皈依佛门。

记得中华诗词学会原副会长、著名诗人杨逸明先生曾提出过“诗词创作‘金字塔’原理”，具体表述为：最底部是技术层面，包括平仄、押韵、拗救等。中间部分是艺术层面，包括意象、意境的塑造，语言风格和个性，谋篇布局，对仗技巧和艺术等。最顶尖部分是思想层面或者叫哲学层面，包括作品的立意。杨先生把立意（主题）和哲学（理趣）混合在一起提出，作为最佳作品的支撑性因素，这样说也许是可以的。但因为他的提法带有一定的独创性，而与传统的评价体系“情志论”“神韵论”“意境论”等显然不完全一致，再加上杨又把意象、意境和立意分拆开来，难免自相矛盾，所以“金字塔原理”在当今诗坛尚未达成共识，成为定论。我个人则是遵循王国维的“意境论”。意境论的要义，王国维先生有很多精辟的论述，大致可归纳为：有我之境和无我之境；有造境和写境；有以景物为境，有以内心的喜怒哀乐为境。他提出能写真景物、真感情者，谓之有境界，否则谓之无境界。他明确地指出：“言气质，言神韵，不如言境界。有境界，本也，气质、格律、神韵，末也。有境界而三者随之矣。”王国维先生在论及“大家之作”时强调：“其言情也，必沁人心脾；其写景也，必豁人耳目；其辞脱口而出，无矫揉妆束之态。以其所见者真，所知者深也。诗词皆然。持此以衡古今之作者，可无大误也。”这里，他实际上也就指出了评价诗词作品优劣的标准，这个标准放在过程中，是可以操作的。

我在本文的前面，点评了沈煜先生诗词作品中的理趣，不完全站在哲学的高度，实际上我也没有这个水平，只是想突出其创作之特色，是从单方面讲的。我有幸拜读了沈先生迄今所撰大部分作品，令我感染感动、震撼震惊的是那些描写革命者前仆后继、英勇杀敌、建功立业的壮烈鸿篇，是那些颂扬劳动者风餐露宿、历尽艰辛、创造辉煌的瑰丽华章，是那些模山范水、饱览风光、挥洒豪情的刚健雄词，是那些诉说大爱、倾吐心声、温柔敦厚的优雅长歌。沈先生是一位直面人生，敢于担当，砥砺前行的责任诗人，良心诗人，其创作的体裁、题材、内容和形式多种多样，色彩缤纷，成就斐然。特别是他将新体诗创作的成功经验应用于传统诗词，使之在形象、意境、语言、韵味及整体风格上都出现了鲜明的时代特点，出现了一种令人惊喜的清新自然和空灵隽美，更丰富生活，更接地气，更有魅力。我确信《秋水无痕》是沈先生奉献给广大诗友的一壶美酒，当醉诸君于清风明月之时、高山流水之境，其乐也无穷。

戊戌正月谨识于淝上望云轩

（作者系安徽省诗词学会原副会长）

自序

心　迹

沈煜

人近暮年，岁逾古稀，不由得想起孔夫子的“逝者如斯夫”的感叹，想将人生的悲欢离合、风花雪月、春华秋实、喜怒哀乐……记录下来。因此我将几十年散发在各级各类报刊上和部分未发表的作品，通过整理、修改，集中出一本小册子。以此与友交流切磋，向师投石问路，以期老有所学，老有所乐，充实老年生活。人生不易，感触良多。传统中国文人奉行“正心，修身，齐家，治国，平天下”，我觉得不管是惊天伟业，还是生活琐事，不管是事业，还是爱情，要想做好、做成功，有诸多因素，但最基本、最重要的是一定要有爱。爱是取之不尽、用之不竭的力量源泉。爱得愈深，投入越大，收获越多。“为爱可许生与死”是至高境界。

爱是丰富多彩的，爱也是充满诗意的。而充满诗意的生活，才是人生的追求和享受。我自幼喜爱文学，十七岁走入军营，试着写了不少稿子投到报刊，大都是泥牛入海。直到 1982 年春节刚过，随省军区一位首长到皖南旌德县去调研。晚上在寒风敲窗、孤灯照壁的县招待所写了一篇小稿，将春节期间孩子们的趣事回忆整理一下寄发。此事也像以前投稿一样，没抱希望渐渐地也就忘却了。谁知两个月后突然在办公室收到了人民日报社的《市场报》一份，打开一看，发现拙作竟登上了这“大雅之堂”。同志们纷纷祝贺，我们全家都沉浸在这欢乐的氛围中。这是我的文章第一次变成铅字，我初尝了爱好的回报。从此，看书、读史、写作伴我终生。虽断断续续笔耕不辍，但由于种种原因，只能在文学这个神圣的殿堂前徘徊，在文学皇冠——诗词前眺望，终仍是芸芸众生中一名文学爱好者而已。

1985年，参加了由安徽日报社举办的文学函授培训，有幸认识了安徽日报社文艺部的资深编辑郭强同志，得以拨云见日，收获颇丰。第一次斗胆写了篇《风雪夜归》的小说，在郭老师的指点下，登在省报的副刊上，还请了名震中国文坛现已仙逝的大家鲁彦周，给拙作进行了一番语重心长的点评，从此信心大增。一次与郭强同志交流后，他直言，作为业余兴趣，还是写点诗歌吧。他一言中的，也说到我的心坎上。诗言志，诗抒情，“诗可以兴，可以观，可以群，可以怨”。诗的语言精练，含义却无穷，其析史，状物，明理，抒情，言志，示人，警世，解梦，喻事……观古今于须臾，抚四海于一瞬，诗小乾坤大，言短日月长。诗可以和牡丹一样称为“国色天香”，国之瑰宝。

从此我在业余时间以写点小诗为乐。可以说在六十岁以前，我一直都是写新诗。一首《秋水》在《安徽日报》上发表后，很荣幸被安徽教育出版社选入了《中学生记叙文》写作训练教材。随着年龄的增长，兴趣也悄悄地发生了变化。试着想写古诗格律诗，但因我不是科班出身，才疏学浅，要写好格律诗——这个诗词王国的“阳春白雪”实非易事。在“进入庙堂，拜佛烧香”的同时，我十分赞同马凯同志的观点，对格律诗要“求正容变”，要与时俱进。文章合为时而作，要继承，也要创新。我也非常同意《中华诗词》主编高昌先生的观点：“律为我之助，我非律之奴。”律诗这一国粹才能老树新花，荫庇华夏，枝繁叶茂，光耀中华。为此我将乐此不疲。

这本小集子所选诗词四百余首，大都公开发表过。以时间为序，按发表先后编排。这样仿佛在时间的隧道徜徉、回味……小集在编写中得到了安徽省诗词学会、省炳烛诗书画联谊会原副会长，省、市老年大学资深诗词老师汪奇圣的精心点拨"蓬荜生辉"；还得到了庐州诗词学会原副会长张瑶琪，战友、庐州诗词学会副会长、《庐州诗苑》主编祁庆达等同志的帮助指导；尤为感谢的是，战友、安徽老乡、著名的军旅作家、中国作家协会会员、解放军艺术学院文学系原主任许福芦教授前后用半个多月时间通篇审阅，认真剖析，带着乡情、感情、战友情，匠心独运、点石成金的精彩点评，使我获益匪浅，终生受用。对此，我一并表示衷心感谢！

宋著名诗人艾性夫一首《七律》中"卷送春云香入梦，剪成秋水淡无痕"，我很喜欢，故借来作为书名。

"秋日寻诗去，山深石径斜。独行无向导，一路问黄花。"——刘章先生的诗道出了我的心声。

2018年10月

目　　录

新诗

传统诗词

散文及其他

小说

新诗

立马峰

立马空东海　登高望太平

——黄山立马峰题记

山是一匹马，
马是一座山。
四蹄生烟，
昂首际会风云。
面对七十二峰，
你奋蹄扬鬃；
眼观茫茫云海，
你仰颈嘶鸣。
踏碎了多少关山残月，
闯破了多少敌阵连营！
望荒丘
累累白骨你流干了眼泪，
将士们的鲜血把你
通体染红……

从远古驰来——
抖落鞍鞯
挣脱缰绳

兀立长啸
震撼苍穹；
年年月月
月月年年，
盼望啊盼望
盛世太平！

《安徽日报》
1985.10.13

邮票

在两个陌生而又充满诱惑的世界
我们驾起一叶方舟
载来了你的希冀和祝福
载去了我的热情和追求
你到我这里来
我到你那里去
你那里有
月亮的温柔
和丰满的秋

我这里有
伟岸的太阳
和青春的风流

我用真诚培育了你的信任
你用理解紧紧握住我的手
我用热情驱散了你眼前的游云
你用你的心占据了我的心头

不怕风雨抽打

不为波浪担忧
该沉没的就让它沉没
不该沉没的必然载来
丰——收

《安徽日报》
1988.8.2

秋(外一首)

经过夏日锻打
长成一副健壮的骨骼
经过晚风的爱抚
多了几分姑娘的羞涩
奏一曲田园交响乐
镰刀上跳跃着农家的欢乐
该扬弃的坚决扬弃
该收获的大胆收获
屋檐下挂着一串串香甜的音符
那是对生活的礼赞
那是对爱的承诺

蝉

生性的乐天派
只要有了生命
爱就爱得热烈　敢与生活接吻
唱就唱个尽兴　让世界热气腾腾
歌声里没有世俗的杂音
歌声里流动着如水的晶莹
第一个打破死的寂静
第一个拥抱夏的黎明
虽然落叶将你画上句号
爱的种子已在大地中生根

《安徽日报》
1988.9.14

秋日（外一首）

太阳是一颗
熟透了的葡萄
挂在天边
做着秋的广告

古铜色的热情
划破酸涩的记忆
点燃起秋野的音符
抚摸着相思的波涛

走过青春期的月亮
缱缱绵绵　顾盼生辉
剪碎日影的雁阵
在大地上素描
太阳遗失下星星点点
在重又犁开的土地上
播种着希望
和幸福的回眺
后来的漫漫冬夜
享受余温伴着不安的躁动
和思春的煎熬

包公祠

这把铡刀
铡出了一个个故事
灰尘在你身上打盹
怎么也唤不醒
时间的封条
贴在黑色的脸上
一声春雷　铡刀纷纷睁开眼
舞台上　《铡美案》再次唱响

藕断了
却被拉成了历史
留下一片残荷
穿透冬的疯狂

那口廉泉四周　目光聚集
用希望
打捞着失望
井中有一个
永恒的月亮
她的清晖

在泪水中收藏

老年人撕开晨雾
使用太极神功
搓揉着回忆与惆怅
艺校的学生们
支起未来
用青春和热情
涂抹着幻想
包公祠映出了
一束历史的折光

《安徽日报》
1988.12.28

骆驼

你像一座山,隆起在大漠中
立起
将蓝天撑得那么高
那么远
躺下
便成了风沙的地平线
大漠,才显现出雄性的伟岸

脖子里装着一个天池
不时听浪花飞卷
目光中,生长一片绿茵
一片歌声
一片信念

叮当——叮当——
赶走了孤独
驱散了寂寞
一步一个脚印
一步一个考验
驮去的是

文明和昌盛
载回的是
传奇和灿烂
轮番驮着太阳
月亮
时光在驼铃声中走远
生活在驼铃声中甘甜

《安徽日报》
1989.11.22

秋果

几经秋霜抚摸
圆润的脸庞
浅浅地泛起了羞涩

蜜蜂传递信息的季节
心头便种下了寄托
在激情的升华中
大胆润色

在爱意的掩映下
悄悄地构思
在风雨揉捏中
鼓胀着迷人的喜悦
该丰满的必然丰满
该干瘪的自然干瘪
说出一个兴衰规律
适者生存
物竞天择

给世界献出一份甘醇

给秋天留下题诗的红叶
于是，花开花落
完成了一次次生命的求索

《安徽日报》
1989.12.20

老树

枯瘦的手臂上
长着几片成熟
用翻滚的思绪
将严冬的残阳
捕获

许是太多的风雨剥蚀
才长成了
铜的筋骨　铁的魂魄
许是太多的电闪雷劈
才有这
顶天立地的性格

根须深深地扎进了大地
风才吹不倒你的信念
叶脉奔涌着长江、黄河
才孕育出诗的浪漫

走过青春的骚动
不再追忆

风流倜傥的岁月
满树繁花
遍身硕果
凝聚着毕生心血

对脚下的泥土
对泥土中的希望
永远高擎着秋的
老树
将自己的故事
娓娓叙说……

《中国青年报》
1989.12.23

雪花

惊喜这一片片六角精灵
那是春发出的请柬
没有花哨的诱惑
没有撩拨人心的蜜语甜言

怀着水的柔情
兼有几分花的温馨
呼唤绿的苏醒

用纯洁雕塑世界
用淡雅装饰人间
用美丽的祝福
慰藉跋涉者的艰辛
用甘甜的乳汁
滋润着秀丽山川
翩翩舞　纤纤情
丝丝爱　片片心

是春天的呼唤

还是呼唤着春天

《安徽日报》

1990.1.31

脚印

拾起一个个成熟
一个个稚嫩
用回忆和思考
装订成一部人生

踏遍春夏秋冬
咀嚼着苦辣酸辛

歪歪扭扭的诗行
裸露出涂鸦的天真
深深浅浅的记忆
折射着岁月的流韵
踏碎黄昏
丈量黎明
坎坷吞噬着攀缘的履痕
泥泞中有多少泪水的成分

贮满喜悦之前
也曾贮过痛与苦闷
回过头寻找过去的自己

为了雕塑新的征程

徘徊是为了排遣纷乱的思绪
历程却是那样刻骨铭心
每段路都是一部书
能读懂它的只有那还在延伸的
脚印

《安徽日报》
1990.3.14

路灯

你是无生命的天使
站成了有生命的哨兵
月亮走你不走
风雨常打湿
相思的困顿

目光穿透夜的隧道
守护着彩色的恬静
寂寞蚕食烦恼
淡泊雕塑灵魂
捧着一颗无瑕的心
温暖人间梦境

你是无语的哨兵
坚守着深情的热土
送走一个个黑夜
迎来一个个黎明
朝朝暮暮
岁岁年年
不负痴情

默默无闻

啊！人世间一道风景线

当你闭上眼睛的时候

太阳已经光临

《安徽日报》

1990.6.13

中国铁匠

优美的弧线
铿锵的信念
在血与泪中淬火
用意志与信念锻打
石破天惊　地动山摇
旧世界被打得落花流水
铁锤与镰刀
悬挂在日月之间

铁匠从铁匠的手中
接过敲打世界的铁锤
敲打出改革开放的旋律
敲打出“深圳速度”
敲打出亚运会风采
敲打出“伟大复兴”
雄伟乐章

火龙从圣火中腾空
溅出的火星
向世界讲述着

中国铁匠的故事

《文化周报》

1991.1.6

雪意

当你用洁白的故事
覆盖大地的时候
美丽的童话在人们心底
开始抽芽
咀嚼劳作的艰辛与喜悦
这时祝福纷飞
世界呈现祥和
感情堆积很厚
很厚
相思迈着绵绵的步
穿越四季
重温春梦

恋情化作晶莹的温柔
山,摇远重影
风景开始厚重丰满
贮存那么多诱惑
正是为了激情的宣泄

水,纤细温柔

用大自然恩赐
为悦己美容
孤立在旷野里的老树
沉默不语
是为了构思梦想
风　停住了脚步
欣赏窗花新作

炉火翻烤
关于渴望的话题
太阳从雪的家族走过
爱与恨　得与失
在回忆中对话
希望被爆竹吵醒
岁月深处　生机开始萌动

踏响白色无垠氛围
深一句,浅一句
吟诵雪意
重一笔,轻一笔
勾勒春的轮廓

《安徽日报》
1991.2.6

报春花

一朵报春花
好一朵争奇斗艳的报春花
风中怒放　雨中潇洒
捧着一颗淡泊的心
情系万户千家
世界被你浓缩
眼睛被你放大

好一朵争奇斗艳的报春花
跨千山
越万水
是春的信使
是美的升华

好一朵争奇斗艳的报春花
恰似五彩斑斓的云霞
祝福伴着柳絮飞
心愿化作春雨洒
东风作嫁
醉了海角
醉了天涯

珍珠

既然甘心做一粒珍珠
免不了被长久埋没的痛苦
在默默的岁月中升华剔透
在艰辛考验中日趋成熟
去掉杂念　才超凡脱俗
甘于淡泊 惊奇在于无声处
一旦华丽转身
世界会变得光彩夺目

不要羡慕珍珠
重要的是读懂珍珠之路

《安徽广播电视报》

1991.2.11

叶与花

——给无名的编辑

一片片绿叶
性格独具
有翩翩起舞
有默默思索
有高枝临风
有甘于淡泊
狂风中手拉着手
暴雨里心贴着心
相互和谐共处
彼此不言而喻

叶生叶落
岁月更迭
痴心不改
情意难绝
意在果的甘甜
心系绿的事业
不论主角配角
无须浓墨重彩

甘愿为他人作嫁衣
编织色彩斑斓的生活

《安徽新闻出版报》
1991.3.25

荠菜

打开故乡的诗集
荠菜花隐隐约约
散发着墨香
奉献大地的爱
奉献无边无际的
向往

绿野三月
料峭春寒
冻红了
一双双稚嫩的手
跟哥哥姐姐学会
从麦苗和菜隙中
逮着一个个迷藏
听到袅袅炊烟
软软的召唤
拾起满篮调皮的童话
跳动的夕阳

荠菜的香味

大部分在第二天早晨
挤瘦了小城的街巷
有时也用剩余荠菜
喂养干瘪的岁月
喂大童年的幻想

直至今日
看到荠菜的鲜嫩
都要捧回一缕芬芳
满足孩子的新奇
惊醒餐桌上
丰腴的时光

《安徽日报》
1991.5.8

海湾钟声

宁静的海湾上空
那只硕大无朋的灯
被无情的沙漠风暴席卷
饥渴的鸟们
大片大片与夜幕结伴
肆无忌惮地猎取
有味无味　喂饱贪婪

红色的血
黑色的血
在无垠的沙海
浮动凄厉的呐喊
是谁在美丽的家园
制造废墟
以及废墟中生长的灾难

弹坑可以消失
战利品也可以
走进陈列馆
心灵的创伤

正义的蹂躏
历史
终会做出
公正的评判

《合肥国防报》
1991.6.20

锤的律动

铁的家族
经过《宣言》的磁化
纷纷集合
于火中涅槃
七十年前的淬火日子
历史的航船
载来了
旧世纪的克星

一群掘墓人
抡起了铁锤
敲醒沉睡百年的命运
回音在血泊中
翻飞
龙华的桃花
开始染红中国
愤怒的臂
随着锤的律动
暴涌着黄河、长江
黑夜

终于被敲碎

经历二十八次阵痛
太阳艰难临盆
成为主人的奴隶们
大胆构筑梦想
在鸡形的钻上开始造型
锻造那弯新月
派上了用场
在联产承包的土地上
播种、收割着
中国的小康

枪刺的寒光
斩断了多少贪婪
天空的礼花雨
滋润着岁月
滋润着花朵的笑声

握锤的先人
随世纪风云
安然隐去
涌起的后来者
接过这敲打世纪的锤
继续敲开

世界大门

敲打出徐悲鸿的《奔马》
放牧五洲
一幅黄山《迎客松》
悬挂国门
而千古绝唱《沁园春·雪》
正扇动历史与现实的双翅
引领无数风流人物
在复兴的长征路上
浩浩荡荡……

《安徽日报》
1991.7.10

别离

再见,两颗心停止了呼吸
目光开始拐弯
瞬间凝固成永恒
欲语凝噎

分别走进对方的瞳孔
黑屋子贮满炫目的记忆
思念被拉得好疼
扯断了梦的甜蜜
为了短暂相聚
步履匆匆翻越日历
泪眼打湿鸿雁的双翅
却衔来了一个礼物
——相思
别离——别离
在别离的日子里
生长着一棵橄榄树
和橄榄一样的诗集

《安徽日报》
1991.7.11

淮河柳

——致抗洪抢险中的英雄

灾难可以淹没家乡
灾难不能淹没
高昂的头颅　坚定的信仰
面对风的肆虐
雨的疯狂
坚强的手臂
高高举起
一片片希望

将爱深深扎进大地
才获得如山的力量
当世界飘摇的时刻
一个个不死的灵魂
长成了
民族的脊梁

《安徽日报》
1991.7.29

一个当代“红嫂”的故事

瓢泼的雨
化作战士沉重的泪
洪水滔滔
漫卷钢铁汉子的心潮
波峰托起军民鱼水情
浪花簇拥一种美丽
一种悲壮
一种骄傲
当救灾战士
驾驶生命之舟
忍着蜇伤的剧痛
在波峰浪谷中穿越
红星闪烁
辐射着生的呼唤

你——一位年轻的少妇
噙着热泪
揭开母性帷幕
毅然决然挺起
伟大与崇高

裸露丰满的深情
和一片圣洁

涓涓乳汁
带着体温的乳汁
带着土地的厚重与质朴
带着春风　带着甘露
带着母性的温馨
滴在战士的伤口
融进战士的心房
浇筑着长城的根基

一个当代“红嫂”的故事
惊呆了历史的目光
抚慰着人们心上的创伤

《文化周报》
1991.9.1

秋梦

把沉甸甸的梦
挂在枝头
目不暇接
抬头是秋
俯首是秋

扯下春雨的多情
沉醉黑土地的温柔
蜂蝶鸣奏爱的乐章
酿就一个个风流

勇敢承受夏日热辣辣的吻
和晚风的问候
希望,在炽烈的爱中奔突
幸福,在痛苦的追求之后

揽一轮明月
望满天星斗
献上全部柔情蜜意
不在丰收前

却在丰收后
把沉甸甸的梦
挂在枝头
甜的是生活
醉的是回眸

《安徽日报》
1991.11.13

山居秋色

不要把夕阳推得那么远
无尽的缱绻醉了半个天
晚风的温柔中
炊烟忽闪忽闪
暮归的牧笛
吹眠了近水远山

村头老柿树
悬挂着一个个金色的成熟
在与晚霞的相视中
流露出对逝去岁月的眷恋

庭前院后数株秋菊
怒放着一个又一个动人的传说
那高雅的气节和飘逸的风韵
装饰着农家的恬淡

一条山溪走走停停
倾诉着农事的苦辣酸甜
浣衣少女拍打着流行歌曲

心中的秘密羞红了道道微澜

黄土地生长出的喜悦
滋润着山村的早晚
锣鼓与唢呐抖落岁月的尘封
把幸福吹醉
将梦想吹圆

跳跃着太多太多的欢乐
品味着许久许久的期盼
不要把夕阳推得那么远
夕阳系着人生的秋天

《安徽日报》
1991.12.28

月夜

收走了一天的喧闹
种下一片宁静
路,明明灭灭
人,远远近近
山,醉意蒙眬
水,流淌古今
萤火虫匆匆寻找
遗失的爱
夜莺儿婉转的歌喉
将月儿唱圆
流星抛出长长的思念
甜蜜,常常把梦惊醒

啊,迷人的月夜
为了这温馨和宁静
戍边的卫士们
用忠诚和勇敢

向祖国报喜

为黎明请安

《安徽日报》

1992.1.8

举杯迎春

举起你的杯
举起我的杯
杯中盛满情
杯中盛满爱
轻轻碰一碰
高高举起来
干杯啊干杯
把猴年大门
快打开

杯中飘着隆冬雪
雪伴梅香香四海
酒情诗意闹东风
开春文章好气派

杯中泛起淮河浪
难忘夏季大水灾
军民同心筑长城
凯歌高奏云天外

杯中卷起松涛声
金戈铁马走烽台
双拥共建谱新曲
神州无处不风采

杯中涌起大国梦
风云变幻莫奇怪
改革开放绘蓝图
中华复兴惊世界

举起你的杯
举起我的杯
举起情
举起爱
痛痛快快干一杯
开创二十一世纪
新时代

《合肥国防报》
1992.2.20

秋水

消失了躁动的春无羁的夏
款款地
款款地走来了它

风吹走了蝉的鸣唱
吹走了芦花
霜洒下冷峻
洒下了牵挂

该沉淀的就让它沉淀
该升华的就让它升华
浅浅的皱纹生长着成熟
轻轻的涛声雕塑着反差

用桨翻阅着历史
用帆拥抱朝霞

流不尽悲欢离合
流不尽金戈铁马
流走了几多金粉世家

流走了多少君王天下
流走如梦人生
却流不走
人心向背
江山如画

一江秋水缓缓东流
映照着沧桑世事
滋润着秋冬春夏
层层涟漪
朵朵浪花
川流不息的一部史话

安徽教育出版社《记叙文写作训练》
1992.3

春日（外一首）

东方升起的朝阳
用她那炽热的感情
残雪消融
春水泱泱

风用柔情　亲吻着人们的脸颊
花　争奇斗艳　展示各自心事
山间竹笋 性子猴急
一眨眼　便与前辈比肩
蜜蜂　驮着阳光　哼着小曲
在芬芳中进出　酿造生活
紫燕双双　衔着融化的初春
修筑爱巢
农人们　用辛劳犁开料峭的春寒
把梦想撒进绵绵春意中

春雨

贮藏许久的渴望
一旦宣泄
飘飘洒洒
飞飞扬扬
苏醒的世间
走进了青春时光
河水变得调皮
变得不安分
激动的感情开始流淌

峥嵘的老树
新枝旁逸
隆起一个个
幻想

花朵次第敞开心扉
喜悦羞红了娇嫩的脸庞
呢喃春燕追寻往日的情怀
衔着长长的思念
构筑爱的芬芳

春雨　为大地解渴
为山河换装
长鞭惊飞白鹭的回忆
在雨幕中耕耘着绿色的诗行

《安徽日报》
1992.4.15

长城，永恒的风景线

一手挽着太阳
一手挽着月亮
一手挽着惊天涛声
一手托起永恒的山魂
自强不息的
民族精神
滋润着历史的灿烂

每一块砖石
轻轻一叩
呼啸而出
铁马冰河滚滚烽烟

不同肤色不同声音
只要一睹你的雄姿
便读懂了伟大与尊严
不同性别不同年龄
只要走进你的回忆便融入人类文明
画卷

你从历史中走来
讲述着中华辉煌
你又向未来深处走去
谱写新的更加令人骄傲的诗篇
长城
一道永恒风景线

《安徽日报》
1992.6.3

秋语

用而立和不惑
分拣秋的许诺
白的如玉
黄的如金
红的如血

低垂的思考
几多喜悦
绽放的青春
几多羞涩
风霜雨雪
春花秋月
孕育一个
沉甸甸的
收获季节

希望,在辛勤中
抽叶
美丽,在忠诚中
润色

梦想,在枝条上
骚动
成熟,在枫叶上
摇曳

诚邀
蓝天白云
三山五岳
还有
南飞的大雁
北去的彩蝶
东海涛声
西域飞雪

当然
还有送爽的秋风
幽香的百合
带着深情
带着祝福
结伴
来秋的家中做客

《安徽日报》
1992.9.8

菊韵

白的温柔
红的热烈
黄的妩媚
紫的纠结
高举青春燃烧的风采
在这寒霜初降的季节

走过漫长的寂寞
默默酝酿
苦苦求索
春风捎来的情话
还在枝头摇曳
夏日热恋的浪漫
秋的沉甸甸诉说
一起，注释平凡岁月

当艳丽随蝉声鸣远
当青春疲惫而苍白
当丰腴变成瘦削
当热烈变成寒彻

只有你
天然样
淡淡妆
以一腔忠魂　不改初心
捧出一片
令人倾倒的秋色

《安徽日报》
1992.10.15

随想

事业为重的人，虽清贫而充实；
金钱为重的人，虽富有而空虚；
玩弄感情的人，必将被感情所玩弄；
品格低下的人，爬得越高、摔得越重。

《安徽日报》

1993.10.27

碑韵

——写在人民英雄纪念碑前

有一个声音
压弯了一个世纪的声音
终于,穿过腥风血雨
在宽阔的广场上
长成了生命长成了永恒

黄土地上
根须扎得太深
同辈人扶起跌倒的历史
回音壁翻涌世纪风云
《命运交响曲》轰然
碧血丹心点染万里江山
铜琶铁板震醒一天星辰
泪水濯新梦想
花朵从此走入娇艳
在人们心灵的广场上
矗立着中华之魂

《安徽青年报》
1994.2.5

天骄陵

天苍苍　野茫茫
穹庐笼盖一片辉煌
怀着对故乡深深的眷恋
润泽这绿色的海洋
马鞭上抖落的夕阳
化作了一片吉祥

山生紫烟
林腾绿浪
羊群飘进了白云
奶茶醉了星星
醉了月亮
马头琴拨动历史的轰鸣
伟大和骄傲
永远耸立在
生养终老的故乡

鄂尔多斯
草原雄鹰展翅翱翔
博弈世纪迷茫

你高举着信仰
勇敢、智慧，
还有伟大的梦想
驱动马群
挥舞着扭转乾坤的力量
掀起了沙尘暴的疯狂

铁蹄踏碎了多少
血与火交织的阴谋
雨雪风霜
弓如满月
射落了多少
凶残与嚣张
金戈铁马
惊天动地写传奇
风卷残云
扫平狼烟谱华章
抚慰四海的手
又抚平草原的创伤
星罗棋布的敖包
图腾的歌声传遍四方

你的宏图伟业
融进了沧海桑田
你的英雄传说

在岁月的长河中
流淌

江山还在马背上
乘着雁行　匆匆
魂归故乡
一代天骄
一部史诗
雄驰在历史
风景线上……

《安徽日报》
1994.9.4

都市血管

纵横交错的健壮
以坦荡与豪放
滋润着城市
繁荣与美丽

每一次嬗变
都诞生一片新姿
每一次辐射状阵痛
消失的是留恋与陈旧
矗立起一幢幢惊奇

川流不息
车声　铃声　人声
汇成瞠目大潮
撞击着人们思维定式
都市青春活力
给日子披上新的嫁衣

霓虹灯流光溢彩
映醉了强有力的搏动

信息与广告
装饰两岸风情
都市血管
越发丰满年轻
富有弹性
生活的诗意　川流不息

《安徽日报》
1994. 10. 30

换季

一声春雷
隆隆地滚过
大地抖了抖
一把掀开冬的被窝
扩胸　将春吸进肺腑
加快节奏
构思一幅闹春图
沉默　被春遗弃
希望拱破冻土
山　萌动绿的意念
水　荡起了感情的旋涡
风也不甘寂寞
亲吻着
迎春枝条上绽放的花朵

姑娘小伙
在青春的旷野上
点燃了激情的歌
喜悦在篝火中跳跃
一个回眸

便是一声问候
一个祝福

春雷轻轻滚过
到处回响开发奋进的锣鼓
走向成熟的弄潮儿
采撷
北国千里雷
南海万顷波
喝令
春风抚纸
春雨研墨
挥动如椽巨笔
十年为一段落
大笔书写
《春天的中国》

《安徽日报》
1995.1.1

喇叭花

春风得意
天成喇叭花
展开一片丹心
开也是唱
闭也是唱

在飘逸的走势中
激情闪烁
此起彼伏
顿挫抑扬
终须感谢生活
不管是雨
不管是霜

婀娜多姿
不经意间妆扮世相
虽为小家碧玉
但也热血满腔
近也芬芳
远也芬芳

藤繁叶茂
扶摇直上
玉树临风
曲水流觞
既为民呐喊
又歌国运昌

1995. 1

水杉

择土而居
依水而眠
生就生得堂堂正正
长就长成一片伟岸

根扎进泥土的深处
吮吸无尽的甘甜
争与阳光接吻
狂风
吹不倒坚强的信念

不畏浮云重压
不屑藤蔓攀缠
不枝　不蔓
不屈　不弯
刚劲　正直　挺拔
装饰一个
潇洒人间

相互扶持

相互竞争
以惊人速度
培育勇敢
优胜劣汰
风流倜傥
才有这
生意盎然

给大地以浓荫
给恋人以浪漫
给江山以壮丽
给广厦以诗篇

栋梁之材
气冲霄汉
立于天地之间
让世人惊叹

《安徽日报》
1995.3

战神

我用无声的呐喊
将你托上天穹
歌声轰然
从烽烟深处流泻
淹没半个世纪

“黑色太阳”
妄图改变白天本意
悲惨世界
遍体鳞伤

血河汹涌
翻涌着屈辱与悲愤
大与小　强与弱
是与非　人与兽
在扭曲的历史中
变异

泪水浸泡过的正义与勇敢
张扬起民族的凛然
用她构成的基准线

罪恶终于一一被击毙

后羿的人们
万箭齐发
射落了“黑太阳”
世界顿时寂静
婴儿惊啼
历史挺身而起
伴随的还有沉睡的雄狮

五十载弹指间
“敌存灭祸,敌去召过”
远虑近忧
智者所思

人们用汗水与智慧
用正义与强大
共筑和谐温馨的梦想
战神安然而眠
仍睁着半只眼
盯着历史
——纪念伟大抗日战争胜利五十周年

1995.8

半塔

一座抗日的圣地
高高地立在历史的风景线上
从此,皖东小镇
生长出带痂的翅膀

过去的呻吟
并未走远
每一块石头
都凝固着创伤
牧牛的小径流淌着传说
在回忆的烟尘中时隐时现
战士的忠魂
纷纷融入太阳
山涛起伏
丰碑映日
万世流芳
难以忘却的壮烈
喂养着岁月的辉煌

晚风轻拂

野花芬芳
飘逝的枪声
在历史的疏远中
潜伏　张望
满丘满陵的记忆
郁郁葱葱
茂盛无限希望
久远的硝烟泣血的故事
走进走出
人们的目光

1995.10

残荷

生命,在潜伏中萌动
失去,却种下了幸福的回忆
死亡,孕育着生机
残存,支撑起渴望的美丽
一个折不断的信念
一支绿色狂想曲
在无声的世界里
向着苦难深处进击

《安徽日报》
1995.10.9

江畔明珠——张家港

张家港——长江边上的一颗明珠
岁月磨砺　风雨剥蚀
华丽转身
开启变革大幕

蓄势待发
龙飞凤舞
弄潮儿船头立
千帆争渡

融通古今
化合中西
世人刮目相看
演绎中国特色

经济扶摇直上
文明绽放娇艳的花朵
开发开放争奇斗艳
改革创新如火如荼

天然良港惊涛拍岸
信息如川奔腾上高速
乡村城镇令人眼花缭乱
都市田园又见“桃花源”风度
张家港　张家港
留给人们的不仅是惊奇
还有一个深深的思索

1996.3

神女峰

这一声长长的叹息
穿越了亿万年
这一声重重的祝愿
凝固成巍峨的永恒
啊！神女峰
三峡眼
长江胆

俯视大千世界
拂去流云浮烟
万里长江
万里画卷
英雄气概一泻千里
拍梦惊天
沧海桑田九曲回肠
品味人间
翻阅无穷变幻
沉淀岁月风尘
一江浪花
都是盛开的诗篇

截断巫山云雨
高峡出平湖
化成万顷波澜
神女舞翩跹
摘下满天星斗
聚集八方群贤
用智慧和汗水
用胆略和勇敢
横空出世
一笔重写江山

《安徽日报》
1997.3.26

法眼

这是大地上长出的一只眼
一只法眼
状若日月
神似雷电
这只眼
看天看地看人间
比谁都看得透
看得深
看得远
也看花开花谢
潮涨潮落
也看阴晴圆缺
悲欢离合
这眼力
入木三分
能把人的心肺看穿
那霉变的灵魂
那贪婪的心肝
尽管在隐秘处
尽管道貌岸然

不惧皇亲国戚
不怕狡诈奸险
不管至爱亲朋
不计“帽翅”长短
只是铁面无私
只要铁证如山
三口铡摆平天下
才有这朗朗乾坤
海晏河清

千百年风雨沧桑
香花墩上那只眼——廉泉
依然被人们敬仰　怀念
难怪包公祠的游客
都要深深地看上一眼
不是怀念
还是怀念

《江淮法治》
2002.7

岱山湖遐思

远离了喧嚣
走出了世俗的氛围
一阵清风
踏进了山秀水美

湖面静如处子
水甜滴翠
掬一捧琼浆玉液
滋心润肺
挺拔的一座座雄伟
撩拨着倒影中
风流韵味

刚柔相济
动静和谐
山依水而灵动
水偎山而妩媚
游一回岱山湖
便有无穷回味
呵护好这方净土吧

别让她遗恨成人间
一滴泪

《江淮晨报》
2002.10.25

春雨江南

绵绵情思
沉沉爱意
在杨柳风的轻抚下
在杏花雨的飘忽中
把江南
滋润得如此水灵亮丽

时隐时现的山峦
如梦如幻的花语
水在山的怀抱中缱绻
山在水的柔情里雄奇

未匀的鹅黄中
争先恐后隆起青春活力
早熟的桃花
落水为舟
载来了江南
送走了西施

春雨绵绵

绵绵春雨
醉了江南
醉在诗里

《江淮晨报》
2003.3.30

欧洲掠影

信息网络
将大地紧抱怀中
时代在脚下高速飞翔
人们的眼睛
变得彩色斑斓
广袤的绿茵中
生长无数童话
随便望一眼
便进入了梦幻

森林与森林牵手
在欧洲大地上行走
绿毯铺到了天边
间或有奶牛在悠闲思考
人类怎样才能长得更高

尘埃落定
碧空如洗
谁把海洋倒扣在天上
朵朵白云

水中游弋
那是在诉说
爱情的浪漫与高尚

每个城市都有自己的风格
每幢建筑都是艺术殿堂

巴黎圣母院的钟声
敲碎美的极致
凯旋门　张开双臂
迎接昔日辉煌
佛罗伦萨　《大卫》在思考
《我的太阳》
古罗马　上演角斗的疯狂
《蒙娜丽莎》微笑
使世界陶醉
天使　在人们心中
展开幸福翅膀

空气清新滋润心情
不论是都市
还是村庄
恬静生命在林间跳跃
绿色中
闪烁红色坦荡

人与自然融为一体
文明　在莱茵河　塞纳河
日夜流淌
流不尽辉煌
流不完忧伤

《江淮晨报》
2004.7.5

昭君陵

一丘荒冢
掩埋着一个美丽的灵魂
一抔黄土
雕塑出一个千古绝唱
弱肩担大义
纤手写太平
一首肝肠寸断的《出塞曲》
缭绕着
大汉江山
安危与兴亡

头上的南飞雁
剪碎了秋风的忧伤
脚下的千行泪
滋润着春天的花香
杨柳腰
挡住大漠风沙
玉臂挽起了关内　关外
太阳和月亮

迢迢千里　不及儿女情长
广阔胸怀
包罗天地万象
深明大义的昭君啊
再没有回到心爱的故乡
却把爱洒向人间
洒向天堂

一丘荒冢将忠魂埋葬
受到世世代代敬仰
虽然没有树碑立传
虽然没有金碧辉煌
一双美丽的翅膀
却在历史的天空中
翱翔……

《江淮晨报》

2004.11.6

天山雪

我捧起一把天山雪
如捧起一个冰清玉洁
烦恼与忧愁顿时消融
浮躁和世俗从指间滑落
祝愿化天风在苍穹摇曳

我捧起一把天山雪
如捧来一片无边春色
清泉在心中流泻
洒下一路润泽
水丰草美
牛羊咀嚼着欢乐
瓜果飘香
酿就金色季节

我捧起一把天山雪
如捧住了整个梦幻世界
出浴的维吾尔族少女
雪莲也感羞涩
那甜美的歌声

唱醉了天山南北
还有爱情
还有幸福生活

《江淮晨报》
2005.9.19

少先队员在合肥市关工委
成立二十周年庆祝会上的献词

大地鲜花盛开
祖国艳阳普照
黄山展双臂拥抱春天
淝水涌金波荡起春潮
个个心头充满了喜悦
人人脸上绽放着微笑
在这美好的季节
在这喜庆的日子
让我们祝贺　热烈祝贺
祝贺合肥市关心下一代工作委员会成立
二十周年
让我们感谢　敬爱的爷爷、奶奶们
为我们茁壮成长
做出的无私奉献
付出的高尚情操

二十年　弹指一挥间
二十年　踏出阳关道
二十年　岁月匆匆过
二十年　搭起连心桥

祖国建设蒸蒸日上
人民生活越来越好
合肥市关心下一代工作委员会
也长成一棵参天大树
硕果累累
枝繁叶茂
更有花枝俏

团结尊重老的
配合支持干的
关心服务小的
遵循指导、协调、配合、推动
发挥“五老”作用
关工委组织
覆盖　城市　乡村
集镇　街道
单位　学校
将爱洒向大地
用情培育幼苗

敬爱的爷爷奶奶们
二十年　你们退休不退岗
二十年　你们卸任不撂挑
你们忠于党　忠于祖国　忠于人民

你们听从党的号召
革命大业　有你们奉献的青春和热血
建设祖国　有你们付出的才智和辛劳
小康社会　你们夯实了基础
“四有”新人　你们再献余热甘逞英豪

敬爱的爷爷奶奶们
大街小巷
晃动着你们忙碌的身影
工厂学校
回响起你们亲切的语调
农村小路
重叠着你们跋涉的脚印
大墙内外
使玷污的心灵
春风化雨
得到净化　重新塑造

各种形式的家长学校办得有声有色
关爱“留守孩子”的教育也初见成效
报告团做报告　明确什么是理想信念
老红军讲传统　爱祖国　爱社会主义
启蒙心窍
语重心长　教我们怎样做人
身体力行　什么是耻辱　什么是荣耀

大手拉小手　献出无限的爱
捐资助学　节衣缩食　毫不计较
对失足者　你们有慈母心怀
对彷徨者　你们谆谆教导
精诚所至
金石为开
浪子回头　重新回到母亲的怀抱

网吧监督　你们一丝不苟
落榜辍学　你们办起一座座学校
一本本书刊
一张张小报
一件件衣物
一回回关照
好雨知时节
当春乃发生
润物细无声
只在花中笑

敬爱的爷爷奶奶
你们从事的是伟大的事业
你们做出的奉献是朝阳大道
功济当今
德垂于世
你们的汗水已浇开了艳丽的花朵

你们的辛劳已结出了累累硕果

好好学习 天天向上
“四有”新人的大军已气势磅礴

敬爱的爷爷奶奶
我们向你们承诺
你们的事业由我们接班
你们的愿望由我们开拓
中华梦　我们同心共筑
复兴路　我们奋力拼搏
长江后浪推前浪
我们衷心祝愿
爷爷奶奶
健康长寿
我们衷心祝愿
祖国富强
富强祖国

——《夕照庐阳未了情》

合肥市关工委成立二十周年专辑
2006.5.28

登刘公岛有感

撞沉吉野
撞沉吉野
气贯长虹
声震云霄
恨不能
身躯化作千枚鱼雷
热血卷起倾天大潮
怒目眦裂膏药旗
钢牙咬碎弹丸岛

民族恨未雪
家国仇难消
空怀一腔报国志
满腹经纶仰天长啸
忠魂不散归大海
五味杂陈心潮逐浪高

刘公岛　邓世昌
邓世昌　刘公岛

一座丰碑一段史

英雄泪水化作东海万顷波涛

2007.7.6

为了美好的明天　我们携手前进

擦干眼泪 我们携手前进
不要悲伤　我们肩并着肩
罕见的灾难　夺去了我们的亲人
巨大浩劫　毁坏了我们的家园
2008.5.12 14:28
这个日子 这个时刻
人类历史上一个万劫不复的悲惨

亲人们用生命支撑起破碎的天
亲人们用鲜血浇筑大地的裂痕
我们用心倾听废墟里的微弱呼救
我们用情鼓舞着瓦砾中的期盼
最可爱的人　在最困难的时候
献出无边的爱
最信任的人　在危险的时候
和人民心相连
最有力的指挥　在最关键的时刻
力挽狂澜
最强大的后盾　在最危急的关头
筑起安全港湾

十万救援大军　高科技手段
为搜救生命
不惜流血　昼夜不眠
将震区再来个天翻地覆

一旦紧紧相拥　便融化冰川
只要轻轻呼唤　便粉碎了人间黑暗
四海之内皆弟兄
人道主义重于山
不分地域　不分种族
上至元首　下至百姓
抗震救灾　扶危济困
是人类共同的心愿

擦干眼泪　我们携手前进
不要悲伤　我们肩并着肩
汶川痛　国之殇
民为邦本　人命关天
九州同悲　举国悼念
国人为之感动　世界为之惊叹

孤残将得到社会关爱
祖国的花朵　将有春天的笑脸
活着的人　创造人间奇迹

那是对逝者最好的纪念

大灾有大爱　多难能兴邦
五千年文明定能重塑河山
奥运会将办得更强　更好　更美
新家园、新面貌、新大观
中国人没有克服不了的困难
众志成城
我们用智慧汗水
谱写崛起的乐章
我们用勤劳勇敢
描绘出更新更美的画卷

2008.3

云台即景

山

人们说你已万古千年
我看你依然年轻
青翠欲滴的生命里
孕育着民族图腾
裸露的胸怀
拥抱世纪风云
五大洲朋友　欢迎你们
这是中华文明发自肺腑的声音

水

将白云揽入怀中
青山抚摸入梦
无奈调皮的小鱼儿
搅得蓝天心动
游人们　快来喝上一口
天堂的圣水吧

不仅净化了尘世
无端的烦恼也无影无踪

崖

红石峡奇观
映红了人们的脸庞
不可思议的造山运动
诠释大自然的神奇
九曲回廊记叙人间的风风雨雨
三叠桥直上云霄
演绎历史的扑朔迷离
一眼一个景观
一步一个惊喜
只要你扶着汗水走上一回
或许会顿悟生命的真谛

《江淮晨报》

2008.12.9

中华儿女

——献给伟大祖国六十华诞

无论我生在天南　无论你长在地北
我们都是中华儿女　我们都是兄弟姐妹
无论你饮的是天山雪　无论我喝的是长江水
我们都是中华儿女　我们都是兄弟姐妹
我们生死与共　我们同喜同悲
我们唇齿相依　我们祸福相随
我们心连着心　我们臂挽着臂
我们能战胜惊涛　我们能将黑暗击碎

祖国是我们亲爱的母亲
我们吮吸着母亲甘甜的乳汁
我们在母亲温暖的怀抱中成长
我们在母亲坚强的臂膀里安睡
我们为伟大祖国感到骄傲
祖国为英雄儿女感到欣慰

祖国是一棵参天大树
五十六个民族是枝头绽放的花蕾
花儿美丽　须臾离不开大树呀

离开片刻　花朵就会枯萎
只有春的花团锦簇
才有秋的硕果累累

我们是中华儿女
我们是兄弟姐妹
我们与母亲血脉相连
我们同祖国不可割舍
我们奉献给祖国的是忠诚和智慧
我们奉献给母亲的是幸福热泪

我们是中华儿女
我们是兄弟姐妹
我们开创复兴大业
中华崛起将使世界更美

2009.5

心中的故乡

广袤的大地上
有一颗珍珠在闪光
脚踏黄山松涛
头枕巢湖波浪
一手牵着淮河
一手牵着长江
从历史深处走来
穿越岁月的沧桑

逍遥津讲述三国的故事
包公祠里的铡刀
闪烁着人民企盼的目光
地上黄金铺就
水中银鱼欢畅
从传奇中走来
又将文明远播四方
“科技城”群星璀璨
徽风皖韵在江淮大地回荡
“翡翠项链”春深情浓
大湖名城心驰神往

从现实中走出
创造未来辉煌

在广袤的大地上
颗颗珍珠闪光
那是我们可爱的祖国
那是我们亲爱的家乡
不论我们走到哪里
不论我们在何处闯荡
我们都在祖国的怀抱
故乡永远在我们心上

《合肥晚报》
2009.9.10

乐山大佛

智者乐水
仁者乐山
乐山大佛
乐水乐山
头顶千年祥云
脚踏万里波澜
身披五彩霞光
手捧历史云烟

丹凤眼
看三江交汇
惊涛拍天
看花开花谢
云舒云卷
看山河沧桑巨变
人间气象万千

垂肩耳
听四川纵横
如梦如幻

听五洲演变
雷鸣电闪
听喧嚣与宁静
长吁和短叹
听远去的悲鸣
今日期盼
逝者如斯夫
智者年复年

千年是那么漫长
又是弹指一挥间
多少人向你顶礼膜拜
多少代向你祈祷许愿
想千秋万代风调雨顺
愿万代千秋国泰民安

啊！大佛
虽经千年风雨剥蚀
你的面孔依然那样慈祥威严
虽历万世岁月更迭
你的生命依然那样辉煌灿烂
你是中华文明的骄傲
你是百姓心中的“神仙”
心系芸芸众生
与世道肝胆相照

钟情茫茫华夏
与国运息息相关
德被四海
爱洒人间

啊！乐山大佛
乐水乐山
你那颗不眠的爱心
随着川流不息的江水而律动
直到永远
永远……

《中国作家著作典藏》
2011.12

春花一束

牡丹

都怪那些文人
爱放在心里多好
偏要说出来
遣词造句
舞文弄墨
捧出一顶皇冠——“国色天香”
让人养眼
让神心荡

原本日精月华　天生丽质
原本花中之王
早已有明箭
早已有暗枪
这下更祸起萧墙
“母仪天下”怒火中烧
玉石俱焚
四野八荒

泣不绝
泪断肠
枝枯叶烂
皮焦骨伤

窃以为能把春焚毁
窃以为能把美烧光

谁知　春雷送来祝福
春风送来吉祥
春雨送来梦想
春潮送来力量
傲骨又发新枝
丹心又披绿装
花开动京城
娇艳惊万方
因为她把情都给了人间
她把爱扎进了大地的心上

春梅

你是一个性急的姑娘
雷声还在记忆中徘徊
春风还在朦胧里酝酿
你看见了拨清波的红掌

回归的雁行
你一把将春搂入怀中
悄悄地问
别来无恙

敢恨　恨残冬冷酷无情
敢爱　爱初春活泼善良
把希望缀满枝头
让喜悦绽开芳香
让大地长出诗意
让生活展开翅膀

啊　春梅
你这个美得不能再美的姑娘
对春天说　你懂的
我早已做好了嫁妆

桃花

人面桃花相映红
不知是桃花映红了人面
还是人面映红了桃花
开就开得热烈
放就放得潇洒
风情万种

芳华绝代

你也走过苦难岁月
你也有过酸甜苦辣
你有坚定的追求
追求春天
你有美好的梦想
梦想开花

每当春天来临时
你映红了人面
人面也映红了桃花

海棠

也许等了一生
也许等了一辈子
刚刚听到春的脚步声
你便将所有的愿望
都在枝条上排满了队

绿叶挡不住
料峭的春寒也挡不住
你酝酿的情太浓
羞红了脸

你开心的事太多
笑弯了眉

春风的问候　你心领神会
春雨的滋润　你更加妩媚
为了把春留住
你把自己的心揉碎
不信去问问女词人
你见过红瘦绿肥
可见过动地的雨
惊天的泪

《未来》总第 78 期
2016. 3

山村月夜

曾和诗仙对酌的月亮
牵着缱绻
徜徉在故乡的小路上
风热情地播放山溪的欢乐
为月亮洗耳　洗去惆怅

归鸟驮着遐想
在爱巢中商量
怎样安慰历史中飞进飞出的翅膀
树叶互相搭讪
诉说月光下的趣闻
萤火虫揣着明明灭灭的好奇
到处探寻月亮遗留秘密的芬芳

蛙鸣尾随缥缈的薄雾
在稻花温馨中跳来跳去
惊醒了睡意蒙眬的池塘
水中月亮
荷叶上憨态可掬的露珠
得意地摇摇晃晃

微信将恋人约到老地方
悄悄话　羞红了月亮的脸庞

逮住凉爽的老农
借光点亮烟火
点燃回忆　点燃向往
点燃了篱边夜来香
星星也赶来凑趣
还调皮捉起迷藏

“光伏”沐浴一天舒适
不时哼起乡音俚歌
还是地道原腔
信息在屏中探头探脑
真的要感谢互联网

院中餐桌上尽是农家乐
连桂花树也禁不住诱惑
欲俯身品尝
再听听《经典咏流传》中的《静夜思》
杯中斟满月光
酒不醉人人自醉
请返乡的青莲居士
尽兴口占一首千古绝唱

吟诵盛世华章
……

伴随一曲《蝶恋花》
乘“神舟”常回家看看的嫦娥
还有在月亮城伐木的吴刚
枕着乡愁
酣然进入梦乡

2018.7

黄山拾韵

说黄山唱黄山
年年月月魂牵梦萦
《徐霞客游记》"黄山归来不看岳"
刘海粟丹青画尽五岳再画山

铁干虬枝迎客松　喜迎五洲宾朋
临风玉立飞来石　阅尽沧海桑田
温泉气象　变幻有无中
云海浮槎　游弋天地间

百步云梯　镌刻攀缘足迹
情人谷底　流淌相思诗篇
散花坞　捡拾葬花遗韵
天都峰　意会雅聚群仙

梦笔生花　写人间悲欢离合
猴子观海　看天上月缺月全
抚摸鳌鱼背　说不定日子就能翻身
穿过一线天　想不到风景就在眼前

人字瀑　　栉风沐雨吟人间大道耀万古
立马峰　　金戈铁马嘶龙马精神踏大千
芙蓉出水　朵朵绽放芳华
犀牛望月　声声呼唤婵娟

喜鹊登上梅枝　神州频报喜讯
金鸡叫开天门　复兴之梦唱圆
迷人画卷　锦绣山川
悠悠天地　洋洋大观

写的是黄山　　画的是黄山
想的是黄山　　醉的是黄山
黄山走进世界
世界拥抱黄山

呵　黄山　黄山
中国的黄山　　世界的黄山
年年岁岁　岁岁年年
魂牵梦绕　梦绕魂牵
……

2018.7.20

传统诗词

灯河

春雨空蒙不夜天，东风得意舞翩跹。
借来银汉身边住，送上诗篇坝上眠。
炫彩灯光迷眼睛，梦缘情侣入云烟。
古城秀色牵魂处，“塞纳河”中看月圆。

注：“塞纳河”——淝河

2002. 5. 16

谒柳茔

艳冠群芳风满楼，艺惊八妓愿难酬。
刚忧国破无完卵，又恨家亡剩漏舟。
幻想全为寻旧梦，慕才不惜嫁新愁。
柔情似水明心志，气节如山撼斗牛。
（柳茔——柳如是之墓）

《江淮晨报》

2005. 5. 20

大漠魂

大漠孤烟三界外，“小舟”众载万重山。
雁声惊醒胡杨梦，笛韵吹眠嘉峪关。
口吐丹花追落日，身披紫气送飞船。
舍家不改平生愿，报国诚难忠孝全。

题华山

西岳宛如五朵花，花开时节满天霞。
若能赢得花心动，花下长眠即是家。

《江淮晨报》

2005.7.14

文竹

亭亭玉立暗含羞，默默无言梦里游。
石碎犹知承众力，水柔也可荡孤舟。
浓荫还要勤浇灌，气节终能化自由。
不改初衷甜岁月，只因君愿在心头。

《江淮晨报》
2005.12.22

七月航船

碧水红船夜未央，江山风雨起苍黄。
神州默默流干泪，冷月弯弯挂晚霜。
七月彤云燃大地，九天烈火斗豺狼。
帆悬正盼春雷响，夜尽终归出太阳。

香港回归十年(新声韵)

一树花开果满枝,十年巨变化东西。
曾经沧海春秋泪,过眼烟云今古谜。
鸥鸟争鸣歌盛世,紫荆怒放映红霓。
炎黄共筑腾飞梦,两岸同心谁敢欺!

千古奇冤江南日

——参观新四军军部旧址纪念馆暨皖南事变烈士陵园有感

千古奇冤冤似海,万人心痛痛难医。
七千英烈怀忧死,八省男儿染血旗。
利刃不平民族恨,腥风却让国人悲。
今天瞻仰忠魂地,奋起中华圆梦时。

2007.4

山海关(新声韵)

一关悬日月,万代镇乾坤。
热血长城铸,中华不朽魂。

老龙头

万里长城龙起头,连天碧浪口中收。
心仪华夏同风雨,神思山河共白头。
铁马可除关外患,金戈能解梦中忧。
依然昂首晓天下,盖世辉煌冠五洲。

浪淘沙·北戴河

海浪绽诗篇,鸥鹭低旋。穿云破雾舞翩跹。一线水天藏秀色,胜似人间。　　秦帝觅神仙,魏武挥鞭。江山如画梦如烟。各领风骚彪史册,沧海桑田。

避暑山庄(新声韵)

武烈清溪绕燕山,浇肥塞外小江南。
杏花香醉三春雨,古柏魂牵一线天。
亭榭空蒙藏秀色,佛光普照入云笺。
客来闲眺无穷景,犹忆当年战马喧。

《江淮晨报》

2007.9.16

桂子(新声韵)

三秋桂子降人间,九月清风拂玉盘。
滴滴甘霖浇沃野,丝丝情意醉云天。
期期绽爱生佳景,默默回眸望大川。
不做广寒宫里客,乐居尘世梦婵娟。

《江淮晨报》

2007.11.15

老树着花意在春(新声韵)

——颂德艺双馨庐剧老艺术家丁玉兰

庐剧表演艺术家丁玉兰同志一生酷爱庐剧,毕生精力和心血都付给了非物质文化遗产——庐剧事业,创造了地方戏曲辉煌,得到了党和国家领导人的嘉奖,更受到广大人民群众的喜爱和敬重。现她已七十有余,还在为振兴繁荣庐剧而不遗余力,她执教于合肥老年大学庐剧班多年,从者如云。该班学员在她的带领下,经常到基层群众中演出,既丰富了老年人的精神生活,又有益于社会文化活动,此心感人,遂作小诗以示祝福。

一

田野飘来一束黄,浑身散发菜花香。
黛眉眺望云牵月,兰指轻弹柳拂杨。
珠泪含情山水醉,秋波不语古今量。
悲欢离合寻常事,台后台前韵味长。

二

农家小女出寒门,玉洁冰清不染尘。
野菜当粮汤养胆,山花做伴苦为魂。

小荷带雨从师去，大树参天动地吟。
汗水换来千滴泪，歌声赢得万人心。

三

凤凰终有涅槃时，雅韵乡音第一枝。
轰动京城人点赞，放飞田野鸟惊奇。
同声相应春常在，执着追求情不移。
只愿“非遗”传后世，一生心血注瑶池。

注：庐剧被评为非物质文化遗产。

《江淮晨报》

2008.5.24

献给新中国成立六十周年

一

六十华年万象生,载歌载舞颂清明。
山欢水笑人心醉,秋雨春风再出征。

二

神州无处不春风,锦绣山河映彩虹。
盛世中华兴大业,思今比昔忆毛公。

2009.11.2

首届“中华诗词踏春行”

——抒写洞庭湖中华诗词优秀作品选

登岳阳楼

登临久仰岳阳楼，无限风光眼底收。
江汉稻花甜岁月，洞庭渔鼓唱风流。
范翁妙笔惊三界，诗圣华章润九州。
心念苍生酬壮志，梦邀明月写春秋。

月下洞庭

月洒波平花未醒，云飞浪涌落繁星。
君山捧出丝丝爱，渔网张开幕幕屏。
沃野千秋歌盛世，风情万种献温馨。
嫦娥难耐蟾宫冷，欲乘神舟下洞庭。

洞庭梦

淡然湖水映余晖，万顷波光接翠微。
鱼族无忧追月影，山花有意斗芳菲。

涛声长托芙蓉梦，竹影轻摇迷彩衣。
今日喜吟惊世作，何时抱得洞庭归。

初探桃花源

人生何处梦魂牵，且到江南忆旧缘。
不是陶公留绝唱，只因常德续诗篇。
东篱满排农家乐，西院轻柔太极拳。
人入桃花源里醉，舟行幻境月中眠。

岳阳楼抒怀（新声韵）

脚踏洞庭千里浪，眼望牛斗一天星。
才随弱水流今古，又与君山论废兴。
甘露广施生瑞气，痴情倾注起歌声。
心怀天下忧和乐，铸梦春秋咏太平。

洞庭隐忧

山清水秀春常在，笑语欢歌梦里飞。
两岸桃花红吻绿，一湖渔火浪追晖。
鱼虾游弋难为水，鸥鸟徘徊不是苇。
岁月回眸千滴泪，心忧岂止是湘妃。

洞庭渔歌

手敲渔鼓唱新歌，眼见君山香满箩。
万里奔流旋日月，千帆竞发醉山河。
舱中跳跃惊和喜，网上缠绵妹与哥。
水上人家春不走，岸边玫瑰舞婆娑。

清平乐·春在洞庭

水腾薄雾，醉读花间树。剪破碧涛香满路，满眼春光却步。
莺啼惊醒芙蓉，送来岁阜年丰。如画江山献瑞，洞庭正是情浓。

《抒写洞庭湖中华诗词优秀作品选》
2011.4

新日月

众水终归奔大海，拨开乱象见英雄。
民心向背江山定，世事沧桑风雨中。
魔鬼百年吞日月，神州一夜哭西东。
铁锤敲醒睡狮梦，华夏飞身追彩虹。

清风颂(新声韵)

江山难得谁能守，执政为民民不欺。
石破天惊迎旭日，功成名就识糖衣。
高风亮节千秋颂，舞弊营私万众讥。
利泽三春天有道，恩施四海地生霓。

歌唱好时代

百鸟争鸣花盛开，山川秀丽出英才。
云帆海浪齐划桨，春雨秋风共举杯。
纬地经天书壮志，承前启后筑瑶台。
中华崛起惊寰宇，大国辉煌正走来。

脊梁

——观电视剧《叶挺将军》

铮铮铁骨一英雄，耿耿丹心万世功。
忧患民生寻大道，担当国运逐飞鸿。
严刑拷打身如铁，视死如归气若虹。
义士忠魂昭日月，千秋风范傲苍穹。

浪淘沙·贺建党九十周年

泪眼问婵娟，苦海无边。列强蚕食瘦山川。辱国丧权羞脸面，卑膝奴颜。　　逆水驶航船，风急帆悬。改天换地梦桑田。血沃中华图伟业，盛世空前！

《中国共产党建党九十周年全国诗书画献礼》

2011.9

读荷（新声韵）

一

水润芳姿顾盼中，蝶传信息蕊先红。
天香映彩云羞涩，国色流芳月美容。
许是含情思夏雨，终归和泪嫁秋风。
难为神会青莲意，除却同心不与通。

二

醉看斜阳入水红，又和叠韵话东风。
余香可染心头愿，博爱全留海岳中。
休叹残荷听冻雨，更留清骨傲苍穹。
不枝不蔓擎天柱，如玉如饴润彩虹。

清明

思念如春雨,清明泪湿巾。
花间飞笑语,世上断肠人。

春语

堂前芍药蕊刚开,屋后樱花接踵来。
蝶舞莺歌邀幻想,云移波动共徘徊。
柔情忘却逾墙去,诗意流连入梦来。
悦目休因春景误,赏心更应上高台。

咏春

花开尽快入诗囊,采撷珠玑赠夕阳。
细雨不知山水醉,和风特爱柳杨妆。
人生可遇三春景,尘世难求一段香。
勿失时机耕愿景,须臾又见叶儿黄。

秋雁

离群孤雁驮弯月，踏破阳关话别离。
剪断愁云寻旧路，望穿秋水湿寒枝。
休提霜重难飞远，莫谓情枯是绝期。
幸有春风吹梦醒，会当比翼赴瑶池。

望月

远在海涯为过客，含愁遥看月光柔。
深情抚慰孤头雁，着意追寻不系舟。
才借吴刚三斗酒，又偷蟾殿九天游。
如痴如醉云中去，边舞边歌会斗牛。

浪淘沙·雪雁

霜叶舞秋风，白雾蒙蒙。雪泥鸿爪路千重。雁落平畴星未醒，影淡情浓。　　回首望苍穹，来去匆匆。孤声凄厉伴残冬。冷雨又将魂断送，大地空空！

《第八届天籁杯中华诗词大赛优秀作品集》

2011.10

风拂青丝

脂粉映红唇，花容醉洛神。
凌波频相顾，可是梦中人？

归期

闻说归期未有期，绝知此事是难题。
玉门关外春风绿，故里乡音秋雨时。

中秋月

月到中秋最动人，清风玉露落凡尘。
嫦娥广袖挥天地，蟾桂清香醉鬼神。
圆缺阴晴周复始，悲欢离合假当真。
轮回本是天然意，来去终当一段春。

桃花潭感赋

碧波依旧映天光，如黛青山韵里藏。
喜看鸟鸣船载月，欣闻花绽浪飞香。
万家酒店诗仙醉，千尺桃潭情意长。
古镇依然吟绝唱，人生何处觅汪郎？

普救寺偶拾（新声韵）

月照西厢影破门，香飘东府捧诗吟。
夜风送话刚回信，柔雨传情已断魂。
为爱可交生与死，相知不在怨和恩。
红娘巧点鸳鸯谱，才有佳人拭泪痕。

登鹳雀楼怀古

鹳雀楼庭弄玉箫，西天残月伴寒宵。
黄河远逝形如练，银浪低飞状若飘。
眼里高悬秦汉月，耳旁轻诵古今谣。
沧桑世事烟云过，锦绣河山人最娇。

过羑里

文王拘而天机演，羑里经年不谢花。
唤雨五行生万象，呼风八卦克千邪。
真真假假真为本，实实虚虚实是家。
否极泰来周复始，承前启后看中华。

看洛阳

十三帝驾牡丹下，九曲龙门腾紫烟。
古窟佛光昭日月，洛河神水润山川。
天香一缕三生梦，国色千姿万世篇。
人杰地灵惊世界，中州崛起更无前。

忆荆州

焚香膜拜关公庙，盖世英名神鬼愁。
征战只为担道义，疗伤不误读《春秋》。
单刀赴会风波定，双臂擎天日月流。
名就功高须谨慎，何来大意失荆州。

清明祭

凄风苦雨送黄昏，碧血丹心岭上春。
逝去英才魂不逝，清明公祭盼清明。

《中华诗词大辞典》——李白杯纪念诗仙李白诞辰1310周年

2011.11

卜算子·春归桃花岛

都市近郊游，惊见桃花岛。绿树参天曲径幽，喜鹊登枝早。

薄雾笼清流，岸上眠芳草。品酒吟诗泛小舟，无虑春光老。

桃花岛写意

桃花染陌阡，映醉水中天。

未到忘情处，“陶公”立眼前。

——《大散文》第 54 期

2012

青松

岁月沧桑不老松，根深叶茂映苍穹。

能当天下风和雨，换得人间春色浓。

——《庐州诗苑》第 50 期

夜读

夜阑人静伴残灯，手捧诗书自苦吟。
幸有知音同入梦，醒时成就“醉花阴”。

秋虫吟

子夜虫声鸣不停，秋风瑟瑟送枯萍。
回眸岭上残存月，只见浮云不见星。

《中华诗词著作家典藏》
2012.10

悟世（新声韵）

阅世终归泪湿巾，人情练达即通神。
无私必定垂千古，有志当能纳万春。
沧海桑田青眼见，兴衰成败白头吟。
自寻诗趣斜阳里，逆水行舟须问津。

无题（新声韵）

日日思君不见君，孤灯残卷忆知音。
当年初握红酥手，今日重温赤热心。
一吻偷偷云戏月，双吟恰恰鸟鸣春。
寒冬未至花凋落，长夜难追梦里魂。

回眸

回眸一笑花纷谢,再送三春魂已销。
心有灵犀心不语,意中知己意偷聊。

残妆

残妆隐约印悲声,喜泣轮回世上情。
台后台前双世界,戏长戏短一人生。

凤阳

帝业百年长,江山千古唱。
凤阳舞凤凰,皇上真和尚。

醉翁亭

琅琊山里醉翁寻，曲水流觞浪抚琴。
有意清风能解语，无言明月会知音。
子瞻笔落惊天下，永叔诗成倾古今。
纵有千金终作土，何能万世立碑林。

注：苏东坡字子瞻；欧阳修字永叔。

画境

车在青山绿水行，心中涌起故乡情。
绵绵细雨润诗意，阵阵微风和鸟鸣。
翠竹躬身终有节，杜鹃啼血不无声。
人生若达清虚境，物我超然万象生。

武当

武功盖世惊风雨,道法花开醉海空。
万壑藏幽生紫气,千峰竞秀映苍穹。
云中古殿朝金顶,雨里清音诵大同。
身入圣山心若水,天人合一乐无穷。

肇庆游

仙女湖中泛小舟,和风相伴水中游。
含丹卧佛吞云月,弄碧金星映馆楼。
鹤舞九天歌万世,荷香四溢醉千秋。
明珠南国放奇彩,悦目开心能解忧。

端午忆屈原

雨天五月漫江流，粽叶飘香醉九州。
报国丹心昭日月，救民热血写春秋。
《离骚》早已涵天地，道德终将塑“楚囚”。
大爱载歌追梦去，小舟装满几多愁。

《第九届“天籁杯”中华诗词大赛优秀作品集》
2012.11

山居

远离闹市消长夏，览胜寻幽淡着纱。
低首才观溪里月，举杯又送岭头霞。
炊烟缕缕啼归鸟，晚霭蒙蒙抱落花。
了却心中烦恼事，清风坐享一壶茶。

《中华诗词2012年会员作品集》

春景

巢湖三月艳阳天，春色迷人谁占先？
浩渺烟波吞万象，苍茫风雨润千川。
姥山兀兀云中立，古寺巍巍月下眠。
喜看名城多秀色，又将美酒献婵娟。

巢湖放歌

中庙空蒙堪入画，人间何处觅南柯？
青山倒映山披彩，碧水长流水唱歌。
一网抛来鱼蹦跳，千帆驶过月婆娑。
心仪美景心先醉，喜看江淮起大波。

《庐州诗苑》第52期

2013.3

春满庐州

烟花三月醉庐州，春雨如诗满地流。
科大樱花香万里，包公铁面映千秋。
蜀山旭日迎朝客，淝水飞霞送晚舟。
紫燕难寻梁上梦，回眸不见旧时楼。

菩萨蛮·武当颂

武当直插烟云里，比肩日月群星系。紫气上瑶台，吉祥花盛开。　　香风生福祉，法雨黄河水。金顶佛徘徊，东君圆梦来。

《中华诗词著作家典藏》

2013.4

忧居

担心风雨天，陋室不能眠。
别墅修多少，囊中没有钱。

《中华诗词著作家典藏》
2013.4

寻梦

十年生死泪轻弹，叶绿花红突遇寒。
头枕相思寻旧梦，醒来仍是独依栏。

《中华诗词著作家典藏》
2013.4

登高

姥山端坐水中央，湖荡微波生紫光。
万绿丛中藏梦境，千家院里溢花香。
孤帆直挂寻心愿，众网轻抛伴鸟翔。
船载歌声飘四海，浪驮喜悦颂重阳。

《庐州诗苑》第 53 期
2013.4

阿里山

阿里山高入九霄，手牵红日雾缠腰。
茂林修竹云偎月，流水飞霞风弄箫。
花艳终能眠世界，茶香也可接天骄。
登临绝顶海湾浅，翘盼同心修鹊桥。

日月潭

久慕台湾名胜篇，朝思暮想夜难眠。
何时一睹遂心愿，圆梦双飞到眼前。
日月同辉生万物，阴阳相济泽千年。
企望海峡通高铁，大统金瓯共入眠。

轮回(宽韵)

菩提树下说惊奇，明镜台中映喜悲。
苦作甜时甜亦苦，非当是处是还非。
千年圣地千年火，万世宗师万世棋。
佛在心中心即佛，爱随水势水为诗。

韶关夜色

三水中分不夜城，众山拱礼到天明。
人游花转花飞雨，舟走云移云动情。
溢彩时时添梦境，流光处处踏歌声。
《三章》早已追魂去，妙笔重书举世惊。

注：《三章》指陈毅元帅名诗《梅岭三章》。

《中华诗词著作家典藏》
2013.4

壶口谣

飞虹

壶口争相看彩虹，惊涛拍岸裂长空。
恩施岁月千秋颂，华夏腾飞一巨龙。

涛声

渺渺溪流状若烟,开怀相聚舞翩翩。
飞身直下三千里,弹指腾空一线天。
有韵胸怀生秀色,无边恩泽润华年。
龙飞广布及时雨,鹤唳长安谁最先。

惊梦

谁降人间一彩虹,天然造化意无穷。
千军夺隘鸣金鼓,万马穿花踏玉峰。
激浪飙升惊海岳,飞流直下撼苍穹。
涛声永颂文明史,华夏扶摇上太空。

观大明宫遗址公园

绝世惊奇气若虹，中央帝国敢称雄。
兴衰喜泣轮回意，离合悲欢说笑中。

蜀相

卧龙岗上高师卧，天象纷繁星野垂。
计出茅庐明后事，魂归故里梦先知。
文韬武略江山定，碧血丹心神鬼奇。
万代花开开不败，千秋敬仰武侯祠。

春色入梦

柳杨尚未弹心曲，草色依稀着意裁。
残雪寻芳追梦去，人间又是百花开。

桃花雨

细雨潇潇暮色浓,晚霞相拥趣无穷。
含情待诉痴心曲,只等红颜入梦中。

长恨曲

倾国倾城心已醉,连枝比翼坠情河。
江山美色东流水,诗史当吟《长恨歌》。

壁上花

四野山歌唱不衰,牡丹峭壁绽芳姿。
不和魏紫争颜值,却向姚黄献祝词。
携去春光传喜讯,牵来秋雨润相思。
绝佳美景人间驻,妙在遥看无绝期。

注:皖巢湖银屏山悬崖峭壁上一株千年牡丹,盛放不衰,国中奇花。

参观渣滓洞“小萝卜头”牢房有感

初降人间即入牢，岂知冤狱比山高。
花枝未放先凋谢，破梦原来是幼苗。

茶颂

一

超凡脱俗山中秀，弄月吟风岭上花。
雾润根心生万象，禅茶一味是诗家。

二

酥雨初临眉眼开，春风数度燕飞来。
蜜蜂振翅知音觅，溪水弹琴心曲猜。
鸟语花香齐入梦，松声竹韵共徘徊。
杯中演绎沉浮意，岂有缘由不释怀？

三

长在深山不染尘，生来厌做画中人。
清泉润地芽苗壮，素面朝天老干新。
沉醉天光空寂寞，流香泥土最多情。
品茶能解心中结，既饮诗情又饮春。

《第十届“天籁杯”中华诗词大赛优秀作品集》

2013.10

抒怀

重阳方觉秋光好，趁早登高揽菊香。
犹抱飞霞听雁语，快邀北斗入诗囊。

《诗词世界》第11期

2013.11.5

奇观

但看石林天下绝,剑锋无语问苍穹。
世间多少难平事,削尽还须有硬功。

《诗词世界》第 12 期

2013. 12. 5

红日

——纪念毛泽东同志 120 周年诞辰

半亩方塘映紫光,群峰俯首诉衷肠。
韶山脉动生祥瑞,湘水雷鸣出太阳。
辟地开天惊世界,文韬武略盖秦唐。
千秋功过谁评说,崛起中华唱万方。

《庐州诗苑》第 54 期

2014. 3

沁园春·共筑中国梦

锦绣山川，四季分明，有序迭更。望苍茫大地，风生水起；广袤宇宙，雾闪星升。古往今来，是非成败，真正英雄不计名。难眠夜，是百年泪眼，哭醒长城。　　且听雷响天惊。野火烈，终将黑暗烹。喜红旗指处，东风化雨；丹青绘就，春色迷莺。狮舞龙腾，阳光普照，亿万民心盼太平。复兴梦，正云帆齐鼓，破浪前行！

《我的中国梦·同一首词作品集》

2014.4

卜算子·酒韵

高举夜光杯，泪洒相思地。玉液琼浆入口中，万象呈祥瑞。五谷酝精华，酒令诗仙醉。捉月骑鲸唱大风，逐梦天花坠。

江城子·海疆卫士

海疆万里紧相连。夜无眠，浪惊天。破晓渔船，鸥鸟竞翩翩。国泰民安山水秀，人和睦，月缠绵。　　边防卫士剑高悬。立前沿，辨云烟。梦绕魂牵，壮志写诗篇。喜与平安留个影，为祖国，凯歌旋。

卜算子·复兴梦

大地响春雷。万物齐惊蛰，又见东风鼓浪来，旗在潮头立。民众共擎斤，举国同舟楫。继往开来筑梦时，华夏腾飞疾！

蝶恋花·菊

又见清辉江水乱。不是秋霜，但比秋霜绚。野菊花开香烂漫，高枝红遍枫林赞。　　铁骨柔情心一瓣。顾影回眸，知己争相看。瘦笔难书恩与怨，借来月色终生伴。

蝶恋花·茅台

豪酒入肠风拂柳。口吐莲花，杯里浮云斗。梦见诗仙抒广袖，追星赶月轻挥手。　　天上人间何所有，五谷升华，玉液琼浆首。饮罢春秋歌舞后，扶摇直上重霄九。

《中国古今词人选集》

2014.4

远眺

四顶山头林似海，一湖波涌浪花开。
多姿秀色人人醉，出彩风光载梦来。

花讯

东风着意送温馨，一树桃花一树春。
绿叶伺机斜眼看，红颜早已动诗心。

樱花

东风数度传花信，春雨轮番润锦坛。
昂首凝眸情似海，低眉绕指面如丹。
移开欣喜扬诗意，舞动豪情上笔端。
展示芳姿时不待，须臾就是月宫寒。

《庐州诗苑》第55期

2014.6

雨后牡丹

天香绽放在清晨，国色痴迷洛水神。
一片丹心歌盛世，几多绿意润新春。

芍药(新声韵)

绿叶纷纷开笑脸，红颜默默破寒门。
淡香无意趋花圣，多彩有心伴国魂。
脉脉含情传爱意，殷殷喋血颂黄昏。
唯期大地雷声早，盼望人间春满园。

《诗词世界》
2014.7

登高望秋

庐阳正是秋光好，雁舞霜天竞自由。
时是神州多秀色，皆因淝水最风流。
鸿篇巨制书奇迹，妙笔生花养慧眸。
把酒凌云登绝顶，举杯邀月写春秋。

蝶变

山色湖光不夜天，秋风春雨润华年。
名城共筑腾飞梦，古邑齐吟惊世篇。

《庐州诗苑》第 58 期

2015.1

贺新郎·忆伟人

风雨文明国。路弯弯，几多曲折，几多求索。无数英雄抒壮志，都请江山润色。谈笑处，花开花落。灭灭明明灯火尽，看人间，依旧中秋月。功与过，凭谁说？　　且将历史翻新页。倒三山，改天换地，与民同乐。忠烈满门师万世，不改初衷情结。寻大道，呕心沥血。无欲则刚神鬼怯，一声喝，吓退鹰与雀。追梦去，朝天阙。

《庐州诗苑》第 60 期

2015.3

不能忘却的记忆

——为抗日战争胜利七十周年而作

一

屠城血水染长江,惨绝人寰“灰太狼”。
三十万民魂不死,六朝都阙泪成行。
多年抗战惊风雨,九域同仇卫梓桑。
又见东洋玩鬼戏,中华神剑指沧浪。

二

回眸不见卢沟月,船破偏逢浪打桡。
血雨腥风神鬼怒,刀光剑影地天摇。
逆行总是遭雷雨,得道终能出舜尧。
倭寇而今心不死,吴钩从此不离腰。

《庐州诗苑》第60期

2015.3

神舟

牛郎织女各西东，七夕相逢顾盼中。
且看飞船银汉渡，天桥从此架长空。

无题

睡意蒙眬心里明，苦思冥想过三更。
忽然惊喜生花笔，掀被开灯热泪盈。

《庐州诗苑》第 61 期
2015.4

村姑

手挽清风袖舞纱，身披寒露步生花。
满筐秀色迎朝市，一担相思送晚霞。

《中华诗词》总第 195 期
2015.5

瞻包河公园仰清风阁有感二首

一

人心向背古今同,民是江山官姓公。
已见清风驱腐叶,更期盛世起长虹。

二

打虎惊天纱帽抛,拍蝇笑看暗飞矛。
江山早已彪青史,廉吏无须都姓包。

《诗词世界》
2015.12

秋月

天堂山月似弯镰，收尽人间喜悦年。
唢呐还期吹酒醒，窗花早已抱情眠。
温馨可使天涯近，微信能将魂梦牵。
欲借清辉明夙愿，山高不碍玉盘圆。

爆竹

动地惊天一阵雷，花开如雨下瑶台。
烟消云散无踪迹，却向人间报喜来。

无题

一

天人合一古今同，悟道全凭造化功。
莫谓飞花能养眼，登高更觉太阳红。

二

携来暮色独登楼，弹去飞花伴晚秋。
不逐诗仙追月去，何能银汉弄扁舟。

《庐州诗苑》第62期

2016.1

雪雁

孤声不负天山雪，影瘦遥寻连理枝。
剪断愁思追苦雨，接连眷恋忆秋池。
休题霜重难飞远，莫谓情殇易脱离。
止水映花花不语，乱云送梦梦相随。

《炳烛诗书画》总第 106 期

2016.1

雪山吟（新声韵）

昼夜兼程马上眠，枪声击碎五更寒。
狂风吹走地平线，暴雪淹埋钢铁拳。
意志鞭山山俯首，丹心映日日巡天。
花红正是英雄血，启后承前大梦圆。

《炳烛诗书画》总第 107 期

2016.2

山村寄语

宅旁绽放荷花赋，风送天香不用猜。
鸿雁驮来云际月，家书捎去雪中梅。
山村夜黑欢歌杳，闹市灯红笑语堆。
莫怪相思如骨瘦，常常梦里独徘徊。

登天都峰

既上天都即入空，红尘无挂戏飞鸿。
且将乱象分开去，过眼烟云一阵风。

《诗词世界》2016 年第 4 期总第 96 期

2016.4

卖花姑娘

秀色盈篮搬不动，蝶蜂闻讯乱帮忙。
春光处处撩人梦，鸟语声声醉画堂。
南北流通飞快递，夏冬交易互联商。
芳心化作群花艳，汗水飘来世界香。

《诗词世界》2016 年第 4 期总第 96 期

2016.4

情人瀑

天堂山月瘦如眉，别鹊惊枝不愿归。
疾水追星星已乱，孤峰滴泪泪空垂。
遥知难俟同林宿，岂可差强比翼飞。
风逝幽兰无觅处，雨来红豆斗芳菲。

红颜劫

犹忆当年豆蔻妆，桃腮粉面染书香。
春心可醉三分月，秋水能融万里霜。
情动并非私语处，神交却在梦中央。
青烟饮恨寻天意，白雪无痕泣夕阳。

《诗词世界》2016 年第 4 期总第 96 期

2016.4

贺谢清泉先生《彩云轩诗词集》问世

太阳曾借点支烟，又唤行云掌上旋。
浪漫天成圆大梦，心声一吐百花眠。

《〈彩云轩诗词集〉研讨会论文集》

2016.6.16

春梦

性急蛙声飞进房，迷人月色镜中藏。
含羞更显花容貌，不语全因情意长。
沧海难酬千滴泪，巫山独绽一枝香。
红装尚未言心曲，喜悦偷偷铺满床。

菩萨蛮·春

江山有梦春来早，东君拱手声声好。紫燕筑新家，小鱼叼嫩芽。
和风迎故旧，喜雨黄昏后。汗水润桑麻，举杯吟晚霞。

鹧鸪天·种春

隐隐春雷暝色中,纷纷酥雨育葱茏。杏花蕊里藏三月,布谷声中绘九宫。　　生万象,纳千红,田园秀色醉苍穹。谁能敌过农人手,又种丰收又割穷。

《庐州诗苑》第 63 期

2016.6

年礼

汽笛声声送晚霞,一年惊喜带回家。
无须诉说相思苦,只见秋波湿茧花。

无题

狗苟蝇营今古似，灰财忐忑买神龛。
台前幕后双簧戏，笑看“肥贪”审瘦贪。

如梦令·端午

端午艾香穿透，粽叶漂来清酒。击鼓赛龙舟，千古风情依旧。回首，回首，盛世太平多久！

《庐州诗苑》第 63 期
2016.6

浣溪沙·花海

四季花香漍水边，踏青吵醒艳阳天。桃源岂料到身前。　　入镜风光迷紫燕，出神韵味醉婵娟。诗家从此抱春眠。

鹧鸪天·收藏

春雨潇潇"子木园"，花含笑靥柳含烟。通幽曲径香迎客，临水飞鸿影弄弦。　　收岁月，话桑田，古今一脉忆华年。人民心喜乾坤掌，海晏河清大梦圆。

《庐州诗苑》第63期
2016.6

鹧鸪天·草地曲

草地星光映月明，风中打滚雨中行。泥潭设障红缨折，篝火驱寒战马烹。　　衣染血，带当羹。笛声无怨接天晴。中华筑梦扬眉日，掌上吴钩夜夜鸣。

滇边行

西山龙门

西山巅上现龙门，滇水波中笑语喧。
遥看春城花一朵，近呼北斗酒千樽。
几多心血开天道，数代虔诚探福源。
今日登临痴绝处，神州锦绣祭轩辕。

阿诗玛

亭亭玉立阿诗玛，乱石林中一朵花。
洱海空流千滴泪，苍山何处是夫家。

大理(新声韵)

洱海鹰飞万里春,苍山雪笼一层云。
“五花”绽蕊神仙醉,“三塔”擎天混沌分。
蝴蝶翩翩传爱意,歌声阵阵觅知音。
云南佳丽迷人眼,大理痴情不负君。

丽江

古镇丽江多秀色,风光不语醉春秋。
街头车转车吞月,屋后云飞云入楼。
王府钟声寻历史,纳西天籁播神州。
玉龙山上千年雪,遥送人生一叶舟。

2016.6.28

腾冲(新声韵)

神州名胜数腾冲,世外桃源各不同。
热海可融千里雪,火山能育万年松。
城中飞瀑霓虹醉,花下吟诗月色浓。
烈士墓园魂不逝,丹心碧血映苍穹。

注:“热海”“火山”均是腾冲著名景点。

和顺

人间美景知多少,和顺无言可夺标。
一凼荷花花吻水,双桥紫燕燕穿涛。
牛群放牧青山近,马队回归白屋遥。
满院书声关不住,清风明月一肩挑。

2016.6.28

闽行

武夷印象

青山隐隐雾缠腰,碧水滔滔浪打礁。
翠竹躬身迎远客,丹花含笑送天骄。
大王峰塑英雄史,玉女山吟血泪谣。
九曲漂流图画里,武夷神韵醉风骚。

注:“大王峰”“玉女峰”皆风景。

大红袍

深山惊见大红袍，绝壁飞身破寂寥。
瘦石扎根亲瘠土，流云拂面润丝绦。
柔情缱绻心先醉，蜜意徘徊叶更娇。
欲趁清风邀陆羽，满杯明月乐逍遥。

漂流

九曲波流流进天，三山倒影影中眠。
青篙点破人生梦，竹筏漂来世上缘。

2016.6.30

弘一法师纪念馆观后

贯通今古一宗师，融会中西艺出奇。
为达出神须造化，苦求入定悟禅机。
六根清净莲花座，三界轮回杨柳枝。
笑看人生如梦逝，只将遗愿化心诗。

风景

蜀山花海两相依，四季芬芳能不痴。
美景非求名胜地，开心即是养怡时。

注："四季花海"，合肥市民休闲娱乐园林。

2016.7.2

雪梅

一

雪抱梅花梅卧雪，寒风阵阵叩高轩。
疏枝简笔描愁雨，横影多姿掩颓园。
明月柔情亲子夜，暗香蜜意送黄昏。
岂知心动回春处，梦入花丛可断魂？

2016.7.4

二

柔情硬骨斗冬寒,冻雨冰凌作简餐。
不与红妆争艳丽,只为绿色发新端。

三

雪伴梅魂醉万方,悲声凄厉泪千行。
空中隐隐听三弄,世上时时诵九章。
静水随心屯秀色,疏枝着力发清香。
花开无语倾天下,不与春风论短长。

2016.7.4

祝培咸老九十寿辰

德高望重一奇峰，诗苑吟坛不老松。
战地黄花香万里，庐州紫气映千重。
三经石上晤沧海，五味斋中参岱宗。
播雨耕云荷锦绣，童颜鹤发看飞龙。

诉衷情·贺潘老九十大寿

英姿勃发战沙场，热血化寒霜。平生喜读经典，颊齿总留香。
抒壮志，谱华章，诉衷肠。登高吟诵，引领风骚，地久天长。

西夏陵

大漠无垠绿不生,空留荒冢忆王陵。
天狼饮恨烟云处,唯有驼铃日夜鸣。

2016.7.6

答雨中友人问候

雨溅瑶裙疑是泪,风吹愁绪不须悲。
花开多在春寒后,一片芳心慰翠微。

重游九华

惊世芙蓉绽九华,群山膜拜舞袈裟。
回眸送走三江水,举手招来几朵霞。
不是天公垂厚爱,却因佛地笼轻纱。
青烟袅袅升腾处,捧出人间不谢花。

太平湖

碧浪层层吻落英,青山隐隐诉衷情。
天都万仞弹和乐,湖水千年咏太平。

神女梦

栉风沐雨驾飞鸿，携水牵山上太空。
泪滴长江流不尽，相思羽化竟成峰。

2016.7.28

晚菊

不喜红妆着淡装，丹心铁骨斗寒霜。
笑看杨柳飞花絮，乐与秋风伴夕阳。

含羞草

无花有韵特温柔,纤手难书点点愁。
世上风流轻薄者,不如草木自知羞。

写梅

雪是香魂冰作骨,山寒水瘦见精神。
群芳翘首君身后,迎接神州万里春。

看央视诗词大会

争奇斗艳百花开,荟萃精英上擂台。
启智还须吟绝唱,开心就会有诗来。

无题

杏花苑里度余年,幸有诗书共枕眠。
回首人生风雨事,都随黄鹤入云烟。

2016.8.2

鹊桥仙·七夕

银河抽泣,金星不语,浊浪排空水幕。飞来喜鹊架长虹,天会意,知心互诉。　　痴情太脆,誓言易误,只是无言回顾。落花能阻水东流?泪眼看,孤舟谁渡!

鹊桥仙·情人节

清风朗月，繁星彩霓，洒下漫天喜悦。银河难阻有情人，七夕会，金秋时节。　　青梅犹在，红颜易老，都付云烟消歇。丹心寸断是生离，桥已断，良辰虚设！

2016 年七夕

浦江吟

浦江流锦绣，临水照飞花。
霜叶红千里，秋风醉万家。
田园生紫翠，丘壑掩清嘉。
书画知心愿，月泉吟晚霞。

浦江写意(新声韵)

浦江秀色醉苍穹,故里霜花映九重。
俯首躬亲三面水,回眸遥看一条龙。
群贤述志和天籁,少长抒怀绘彩虹。
崛起中华惊世界,月泉吟梦化飞鸿。

2016.9.2

秋波媚·月泉吟

又听秋语拨瑶琴,同气觅知音。江城霜叶,舞飞秀色,恭候光临。　　诗情直上重霄九,拱手月泉吟。佳期如梦,暮云开合,不负初心。

月泉吟社赞

一

月泉吟诵传千古，秋雨春风去又来。
山水相依情不老，天人合一上瑶台。

二

月伴金秋叶舞霜，泉追画意笔流芳。
吟诗能使人灵秀，读史方能探智囊。

2016.9.2

靖安写意

九岭蜿蜒春似海，双溪流出艳阳天。
清华绚丽三千梦，水木交辉几世缘。
生态家园辞旧貌，天然氧库送新鲜。
靖安雅韵人神醉，翰墨飘香日月眠。

云乡

一

白云深处觅人家，绿水青山遍地花。
水木诵吟诗世界，清华呼应满天霞。

二

水暗山明月笼纱，早耕鸟语晚荷霞。
清风沽酒评今古，细雨吟诗看落花。

武陵春·靖安

九岭春深花似海，独步上瑶台。水木清华巧夺魁，怎的不徘徊？
绿色氧吧能润肺，何处染尘埃。闻说双溪泪满腮，梦未醒，玉人来。

2016.9.6

中秋遇雨

丙申中秋，恰遇台风“莫兰蒂”来袭，无缘赏月。

一

桂花执意送芬芳，游子虔诚祷吉祥。
雨重难寻云一朵，星空唯有泪千行。

二

雨浓无月色,梦里有中秋。
三顾凉风拂,空吟热泪流。

泰山

一

谁邀风雨洗蓝天,日耀星明亿万年。
沧海桑田周复始,无非弹指一挥间。

二

紫气东来问独尊,万山朝拜是何因?
神州赖有擎天柱,花谢花开总是春。

孔柏

千年古柏独参天,万世焚香祭圣贤。
子曰声声传世界,文明华夏竞诗篇。

2016.9.15

吟地平线·答友人

渐远渐行寻梦境,无边无际费疑猜。
谁能赐予地平线,破损蓝天缝起来。

癞蛤蟆

眼里无光善变腔,皮囊空鼓梦黄粱。
一朝得势吞云雨,麻倒天鹅不用枪。

蜡烛

甘为焚夜自焚身,浴火开花见品行。
但愿人间无黑暗,饱含泪水送光明。

猫头鹰

圆睁怒目到天明,恨见鼯蛇恣意行。
相貌凶残人不喜,初心只是送清明。

春耕

青山含黛入云天,绿水生烟润陌阡。
紫燕双双穿翠柳,农夫日日执牛鞭。

无题

大海飞歌生梦境，小舟逆水觅南柯。
问津踏碎千层浪，能采灵台一朵荷？

2016.9.20

喜读魏敬之、徐长华夫妇合著《木声秋韵》

伉俪同舟魂梦牵，灵山秀水总相连。
木声有意明心志，秋韵无声谱锦笺。
细品长长多彩路，笑吟九九艳阳天。
文君司马传千古，再读当今赵李篇。

鹧鸪天·琴瑟

秋韵含丹色愈浓，木声如诉唤长风。人间天赐三生伴，世界难求一点通。　　情领会，意相融。诗词歌赋乐无穷。彩云追月千年梦，比翼飞鸿上碧空。

《庐州诗苑》第 64 期

2016.9

拜读张益老《屐痕》有感

屐痕一路写人生，浅浅深深贮满情。
登顶须将鞋蹶破，祥云驾我梦中行。

步《江村送别》韵

半轮残月照离人，肠断全因泪湿巾。
今日君归风雨路，来年执手在新春。

《庐州诗苑》第64期

2016.9

赞《合肥晚报》《咏叹调》专栏问世

淝上惊开艳丽花，芬芳穿透满天霞。
江淮秋色明千里，华夏春光醉万家。
循道言传情似水，问津意会报为槎。
才歌紫气生祥瑞，又颂清音遍海涯。

《庐州诗苑》第64期

2016.9

古田

苦雨凄风望夜空，一灯点亮太阳红。
神州幸有回春手，心底萦怀毛泽东。

《庐州诗苑》第 64 期

2016.9

丹桂晚香

丹桂香来晚，秋风吹又远。
诗心盼月圆，伴我眠花苑。

注：丙申中秋，因天气变化，丹桂没有如约而至，迟开了月余。

2016.10.9

谒耀邦陵

青山肃立守陵园，湖水扬波拭泪痕。
心在人民心不老，利归天下利黎元。

注：胡耀邦陵园有自撰联“心在人民，原无论大事小事；利归天下，何必争多得少得”。

心碑

丰碑高耸入云天，壮志难酬抱憾眠。
青史为公留亮节，丹心映日照桑田。

湖光山色伴忠魂

身在庙堂心在野，拨霾见日送光明。
清源历史还真相，正本人间盼太平。
赤胆全身生硬骨，忠心一颗忆长征。
胞兄老死躬耕地，万世流芳不用评。

井冈山行

黄洋界

黄洋界耸入云巅，俯瞰山河生紫烟。
一炮催生新日月，神州才有艳阳天。

注：坚守黄洋界红军，用缴获的迫击炮进行自卫，共三发炮弹，两发是哑弹，只一发击中敌指挥所才有“报道敌军宵遁”。故称“一发定乾坤”。

2016.10.20

井冈杜鹃

黄洋界上硝烟散，少女英魂化彩虹。
碧血染红花世界，山河含泪唤英雄。

注：在井冈山最后一次反围剿中，黄洋界战至只有孤胆英雄、十八岁少女吴月娥一人时，她面对凶残的敌人，拒不投降，视死如归，后抱一敌团长跳崖同归于尽。井冈杜鹃分外红，全是烈士血染成。

井冈翠竹

井冈翠竹润春秋，更有清泉日夜流。
烈士英魂归沃土，浓荫无际庇神州。

月洒石钟山

口吐浪花目送秋，钟声激水问江流。
杯中一片天心月，何日同归不系舟。

2016.10.22

学画牡丹

闲来无事学涂鸦，且用丹青绘晚霞。
欲借天香魂一缕，愿将国色润年华。

香山初秋

古树参差鸟不愁，山花覆野映红楼。
翩翩枫叶迎宾至，淡淡青烟随水流。
小径穿幽寻历史，大音览胜赋神州。
登高收尽怡人景，远望方知天下秋。

晚晴

雨过芳菲艳,虹连天地间。
夕阳情未了,又见月儿圆。

寻春

春风高百丈,柔雨洒江天。
不是寻诗者,何能到梦前。

2016.10.26

和田玉(新声韵)

和田有玉觅知音,历尽艰辛备受尊。
圆润通灵能醉月,晶莹剔透可迷人。
爱如风水成全意,德比云天净化心。
无语三生终做伴,有缘一辈不离身。

清平乐·玉

千年期盼,等待知音唤,烈火焚烧魂不散,却是情思难断。
春花秋月云烟,如梭岁月流年。净化大千世界,吉祥如意连绵。

2016.11.2

画境

细雨微风送彩虹，湖光山色绘朦胧。
花香迷恋多童团，鸟语流连几老翁。
岸上草原飞梦想，水边楼阁触长空。
丹青醉倒生花笔，美景良辰入梦中。

虞美人·岸上草原

当年沿岸难寻绿，堤瘦花无屋。忧心不过浪滔天，雨骤风狂血泪抗洪篇。　　而今展现茵茵海，踏梦追云彩。狡童嬉戏放飞鸢，万达城中双手捧星眠。

2016.11.6

迎春联

一

庐阳蝶变惊明月，紫气升腾戏彩云。

二

创新敢揽三春月，发展重书万卷诗。

三

水起风生　龙腾名邑千层浪。
日新月异　蝶化庐州万里春。

2016.11.22

翡翠湖秋意

满湖秋水悲声咽，只影昏鸦立晚霞。
枫叶也知星渐冷，故穿风雨觅芦花。

2016.11.22

秋

南飞大雁落田畴，遍地金黄诱眼眸。
半夜鸡鸣惊梦醒，一弯新月割清秋。

冷秋

霜打残红恨水流，只留眷恋立枝头。
天公怜惜芳心碎，故遣斜阳慰冷秋。

2016.11.26

印象温泉

一

女皇故里生祥瑞，蜀地花开向太阳。
月色入泉眠世界，芙蓉出水送天香。

二

云蒸霞蔚映天光，水秀山明飞凤凰。
不是温泉凫月色，哪来举国诵华章。

三

温泉水滑润三秋，蜀地花开醉九州。
不到女皇桑梓地，怎知大帝最风流。

注："天皇大帝"即唐高宗。

四

水清雾重藏羞态，情窦初开绽异香。
出水芙蓉花失语，高宗惬意戏春光。

五

蜀道通天外，温泉生吉祥。
武周思盛世，日月演重光。

六

广元风景异，千佛阅春秋。
万树呼风雨，温泉释苦愁。

七

天府出温泉，广元多秀色。
相思寄北疆，红豆梦南国。

八

温泉泡个春，化解心中结。
水滑洗凝脂，花开谁敢折。

相见欢

广元盛产温泉，软如烟。润泽秀明魂醉，意缠绵。入梦境，极尽兴，似神仙。欲假“大明”舞曲，共飞天！

2016.11.28

落红

娇花嫩叶醉瑶池，淡影浓荫藏隐私。
青蕾瞒人生喜悦，红颜放胆展芳姿。
若离若即有终点，相伴相依无绝期。
一缕忠魂追梦去，几多泪眼望枯枝。

《庐州诗苑》第65期

2016.12

学诗

一

兴趣并非天赋予，人生可贵是精神。
诗山踏雪花迷路，艺海行舟月渡津。

二

一世能和诗做伴，三生修得枕书眠。
寻津问道悟禅意，落笔方知天外天。

三(新声韵)

诗海扬帆破浪行，也装风雨也装晴。
蓬莱不拒虔诚客，送上满船平仄声。

《庐州诗苑》第 65 期

2016. 12

念奴娇·咏昆仑

顶天立地,看人间,指点春花秋月。沧海桑田今古似,不是离奇传说。鬼斧神工,横空出世,喜见惊天作。大千世界,轮回无尽凉热。　　只臂托起苍穹,满腔殷血,融化梅花雪。无欲则刚吞万象,倾倒英雄豪杰。物阜年丰,欢声笑语,了却心中结。龙腾虎跃,再弹同济和乐。

《庐州诗苑》第 65 期

2016.12

诉衷情·回顾

栉风沐雨走山川,转瞬到残年。落花怎敌流水,独影抱愁眠。情未了,岁如铅,梦难圆。悟空尘世,几度春秋,一缕轻烟!

临江仙·冬

冻雨又将花打碎，枯枝还恋残英。寒风如诉放悲声。昏灯怜瘦影，无梦过三更。　　总忆当年同戏水，鸳鸯交颈和鸣。红颜命薄苦痴情。何时春意近，把酒酹余生。

2016.12.2

幻境

宁明岩画画春秋，碧水蓝天任去留。
百越花开香世界，神州无处不风流。

左江情

落英荟萃流今古,秀色痴迷醉鬼神。
月亮山头歌盛世,木棉树下卧长春。

陵园祭

烟消月色明,戈止山花艳。
头顶一天霞,手提三尺剑。

2016.12.6

《咏叹调》周年感赋

一

一年辛苦有谁知，又到霜花送祝词。
欲借丹青描锦绣，喜为圆梦唱惊奇。

二

一纸华章映翠微，赏心佳作尽芳菲。
生花妙笔惊风雨，乐与春天作嫁衣。

三

又是梅花斗雪时，才知绿叶泊相思。
初心不改风云路，赢得春光好赋诗。

四

刚借东风亲绿叶，又邀春雨润红花。
庐州共筑名城梦，美酒飘香醉晚霞。

2016.12.22

题庐州诗苑

风清气正诗词苑，云淡天高日月旋。
同气相求歌盛世，同心相应赋新篇。

山村暮色

袅袅炊烟起，轻轻白絮飞。
牧童驮晚笛，新月唤人归。

无题

不尽霜花送晚秋，无边落木付东流。
孤帆远影随波去，浪迹江天不系舟。

灯影

独坐孤灯下,寒风陪寂寞。
相思忆落红,泪眼追飞鹤。

《安徽吟坛》2016 年第 2 期

2016.12.26

蝶恋花·寒夜

伫倚西窗风问月。望断飞鸿,依旧音尘绝。雪恋寂山山恋雪,香消魂瘦相思折。　　犹忆当年生死结,比翼同翔,倾倒情人节。美景良辰成永诀,寒星照影空悲切。

2016.12.28

悼文学大师钱钟书

以管窥今今似古，用锥解古古非今。
超凡要兑三生愿，悟道全凭一寸心。
室有贤妻天赐福，笔惊才女梦知音。
巨星陨落长空寂，常忆诗魂泪湿襟。

读《围城》

城内花开城外望，出神入化笔中藏。
人间乱象谁能解，凿壁流光梦正香。

《诗词世界》2017 年第 1 期

征衣(新声韵)

翻箱倒柜晒戎机,似见当年后卫师。
袖破能藏风夹雪,领花可绽彩和曦。
红旗两面开天路,钢铁三军固国基。
反省初心心问口,最亲不敌旧征衣。

《红叶》
2017.1

姥山独语

玉盘端坐一青螺,云影天光映碧波。
风起蜃楼腾紫气,潮生海市沐星河。
名城惊现羞花貌,高地同声闭月歌。
得意诗书描愿景,多情杨柳舞婆娑。

2017.1.6

满江红·忆总理

一月长街,朔风泣,天空飞雪。寰宇白,山河凝噎,素装层叠。痛哭伟人骑鹤去,悲鸣遗恨和谁说?举国哀,星暗日无光,乾坤裂。

少年志,参日月,图破壁,勤求索。踏惊涛骇浪,死生超脱。泪眼而今齐赞颂,神州从此同凉热。盼梦圆,手捧海棠花,人间阅。

清平乐·防霾

一年四季,难觅甜空气。且问天公愁甚事,无奈庸人造次。清风明月匆匆,心耽钻进元凶。口罩长粘嘴上,不分春夏秋冬。

2017.1.8

二月(新声韵)

细雨绵绵飘爱意,和风阵阵拂芳心。
柳杨未待寒消尽,迷你春装着上身。

梦回故乡

雄鸡一唱太阳红,惊醒诗仙睡梦中。
不识故乡真面目,举杯邀月问梧桐。

鸡年祝福(新声韵)

金鸡报晓春来早,丹凤朝阳福降临。
鹤翥九天衔喜悦,龙腾四海洒甘霖。
和风漫舞山披绿,细雨轻敲水点金。
物阜年丰歌盛世,梦圆最是有精神。

春

鸡鸣天下白，梅落地生香。
瘦水风吹绿，寒山雨换装。
呢喃温旧梦，顾影越新窗。
喜悦枝头闹，春光蕊里藏。

2017.2.10

禅意冶父山

江北九华腾紫烟，山幽林寂隐前贤。
星朗茶醉观梅俏，朴老诗吟抱愿眠。
净土莲花生万象，灵台香火旺千年。
佛传大道非虚化，泽被苍生应比天。

注：星朗大师，顺治四年为冶父山寺住持，世称中兴第一代，著《梅花诗》一百首。

朴老（赵朴初）与冶父山寺因缘深厚，亲为大雄宝殿赐匾。

2017.2.12

醉春风·春怨

又见春风吹绿柳，总在黄昏后。不是觅知音，却是情痴，却结相思扣。　　春宵肠断魂消瘦，泪眼杯中酒。长夜夜难眠，坐卧空房，梦握红酥手。

2017.3.1

无题

一年又是北风寒，落叶凋零老干残。
梦里孤鸿鸣北国，雪中苦菊望南山。

初春(新声韵)

雨过晴方好,风吹香愈浓。
青芽穿梦境,紫燕没长空。
垄上跑牛犊,田头卧牧童。
门开千水绿,窗拥万山红。

2017.3.6

弄潮

波峰浪谷敢行船,手把红旗指向前。
辟路确需齐发力,弄潮何惧敢为先。
远航幸有操盘手,急驶惊呆隔岸鹳。
定向心中怀北斗,云帆直挂艳阳天。

蜜蜂

体小身轻负盛名,风中探路雨中行。
翩跹岁月吟诗意,吞吐芬芳酿美羹。
追逐春光春有爱,放飞梦想梦无声。
翻山越水驮辛苦,送给人间一片情。

2017.3.28

江城子·忆

男儿谁不爱风流,欲登楼,觅封侯。壮志凌云,仗剑信天游。敢揣雄心追日月,呼风雨,种春秋。

曾经宦海叹沉浮,几多愁,几多忧。不忍回眸,泪眼望扁舟。忘却从前身后事,真有趣,数江鸥。

春红

喜雨追随二月风，游人惊赏小桃红。
回眸不见同行女，正借春光偷美容。

《安徽老年报》第 1776 期

2017.4.5

荷塘童趣

光头顽伴不穿纱，蹚入湖中露豁牙。
东躲西藏嬉水仗，你呼我叫捉鱼虾。
高擎一顶青莲笠，低看三分红脸霞。
长串蛙声提在手，满篮得意挎回家。

2017.4.10

桑葚

春风轻吻新芽醒，争跃枝头看纸鸢。
青紫相间藏秀色，香甜参半贮新鲜。
初衷不改原生态，矢志难移缀美篇。
些许心思谁可解，只将遗愿润华年。

重游瘦西湖

扬州最恋瘦西湖，软语娇音醉越吴。
廿四桥头吹玉笛，五亭阁畔卧明珠。
长堤春柳长牵手，卷石秋风卷画图。
自古蛮腰多倾国，动人品位岂能如？

《庐州诗苑》第 67 期
2017.6

无题

苦雨三更泪，凄风一叶舟。
枯薪燃旧梦，烈酒注新愁。
残月随船泊，落花逐水流。
巫山云路断，何处有芳丘。

《庐州诗苑》第 67 期
2017.6

郎溪行

石佛山高生紫烟，郎川水碧入诗篇。
新城初展惊人貌，故里深藏追梦年。
古树参天赢岁月，娇花覆地醉“青莲”。
舒心美景知何处，不在天堂在眼前。

注：“青莲”即李白。

踏莎行·追春

梦境郎溪，空蒙福地，莺飞草长歌声里。茶园流韵隐红腮，忘情蜂蝶亲花蕊。　　竹伴青梅，燕穿紫绮，诗心画境谁能比？家家户户溢春光，人间天上江南始。

《庐州诗苑》第 67 期

2017.6

江南春早(新声韵)

东君邀我下江南，只带心情不带函。
唯恐杏花跟雨后，故将彩蝶揽身边。
莺啼万里丹青路，诗诵千年李杜篇。
寻遍天涯芳草地，人生痴绝在随缘。

春到庐州

庐州三月烟霞起，碧水流春鱼可知？
芳草连天情未了，杨花覆野惹相思。

春逝

春风不解人生苦，依旧如期拂断枝。
飞燕多情寻梦境，落花洒泪哭西施。

《庐州诗苑》第 67 期
2017.6

春游杏花村(新声韵)

三声叫醒太阳神，鹊唱高枝报福音。
雪后青梅抛媚眼，风中紫燕剪新春。
蝶迷花苑相思地，鱼戏江河造化心。
莫道江南春占尽，黄河流出杏花村。

行香子·踏青

雾漫山冈,雪遁村庄。借东风,吹散迷茫。携亲唤友,寻觅春光。看鱼儿游,鸟儿唱,蝶儿忙。　　隐隐红装,点点金黄,丹青手,难绘芬芳。蓦然回首,对对鸳鸯,正雨同行,水同戏,梦同香。

《庐州诗苑》第 67 期

2017.6

蝶恋花·贺《中华诗词学会》成立三十周年

而立之年刚迈步,勃发英姿,多彩人生路。手把红旗云里舞,弘扬经典开新幕。　　词韵诗风熏国度。放眼江山,大写中华赋。古树新枝迎雨露,喜看春色人间驻。

《庐州诗苑》第 69 期

2017.6.12

太湖炳烛之光

花亭碧浪映天光，炳烛心香送吉祥。
朴老魂归桑梓地，高山流水读华章。

江南曲·太湖吟

雨戏红花，莺啼绿树，东君又写江南赋。湖光云影共徘徊。渔舟泊岸苍山暮。　　耕读春秋，诗吟鸿儒，心牵家国衷情诉。高擎炳烛绘蓝图，千年文苑香如故。

2017.6.22

病中杂咏

丁酉年初夏，因肺疾入院，半旬康复，作小诗为记。

一

口含雾化眼观书，病痛愁思俱解除。
天使低吟居士语，清欢独钓夜明珠。

注：“雾化”为一种治疗手段。“居士”即苏轼。

二

人生多不幸，最是病中吟。
莫怨蹉跎路，阴晴缘自心。

三

不想来时它却来，偷偷蚕食降天灾。
穷凶极恶蛇吞象，胡作非为魔举杯。
幸有良医除隐患，又逢甘露涤尘埃。
心中明月常相伴，雪后花开春又回。

2017.6.28

贺建军九十周年

一

今古谁尊第一枪，峥嵘岁月忆南昌。
丹心再筑强军梦，铁打江山继世长。

二

电闪雷鸣天欲变，江山易主写新篇。
东风列队窥寰宇，崛起中华看百年。

注："东风"指导弹系列。

《安徽老年报》

2017.7.30

赶海

江河蓄泪奔东海，喜悦浪花托梦开。
万里雷声听号令，千帆竞发等风来。

探月

喜坐飞船上太空，忽穿星汉忽穿虹。
晚间借宿蟾宫里，桂下相逢梦境中。
玉兔捧来千味药，吴刚亮出万花筒。
欲知人世沧桑事，点击神州一键通。

2017.7.30

庐州春晓

三月春风酒一杯，碧空如洗燕飞回。
包河岸上柳牵手，湿地花边云吻腮。
山色湖光同缱绻，时装蝶影共徘徊。
良辰美景知何处？全在心中不用猜。

2017.8.19

咏恺老龙华监狱题诗有感

枪林弹雨穿梭过，气势如虹唱大风。
信仰从来坚似铁，桃花与血一般红。

诉衷情·忆恺老

风云总是太无常,忽地降寒霜。山河怎奈萧瑟,泪眼话沧桑。心似月,志如钢,笔当枪。献身真理,耸起丰碑,载入华章。

注:恺老,人们对张恺帆的尊称。

2017.10.16

献给党的十九大

念奴娇·看海

百川归海,浪淘尽,过眼残渣余屑。云影天光都付与,无尽春花秋月。拍岸惊涛,掠波阵燕,簇拥心中结。沉舟侧畔,浩歌擎旆飞跃。

何惧浊浪排空,敢当旗手,笑看西风咽。击水扬帆穿险恶,赢得五洲关切。崛起中华,腾飞愿景,历史翻新页。丝绸铺路,环球同庆同悦。

2017.10.18

浣溪沙·追梦

桂馥枫红遍地诗，江山入画正当时。群贤聚会定惊奇。　　不悖初心谋福祉，中华崛起梦先知，最新思想若晨曦。

2017.10.24

清平乐·盛会

神州大地，自有英雄气。两个百年商妙计，万水千山奋起。最难不改初衷，红旗指向高峰，世界争相点赞，巨龙舞动长空。

醉春风·同心

又是金秋花满树，各路英雄聚。人杰地灵时，海晏河清，铁腕除尘腐。　　航船喜见风帆鼓，高举开天斧，华夏展宏图，赖有中枢，圆梦同心舞。

《庐州诗苑》第69期

蓝图

九域群贤聚首都，三千代表绘蓝图。
扬帆点击新收获，拾级攀登再采珠。
立党为公寻大道，初心不悖孕丰腴。
百年共筑神州梦，举世同烹酒一壶。

《寿州炳烛》第 1 期

2017.11.1

收获

锤舞打开新世界，镰飞收获五洲秋。
腾飞华夏擎天手，敢领风骚第一流。

定风波·泉月

雨后湖山满目秋，月光缱绻恋西楼。寂寞梧桐栖倦鸟，祈祷。无形无影更无啁。　　暗地谁人弹绝诀，凝噎。琴声渺渺送孤舟。弦断魂销泉涌泪，心碎。指间流淌几多愁。

长丰行

草莓

绿韵丹心助脱贫，霜欺雪压见精神。
知君不是寻常客，既养春光又养人。

北城新貌

昔日荒凉免不惊，今天似觉梦中行。
高楼接力观云卷，小径通幽闻鸟鸣。
既设黉门书壮志，又添网络点行情。
春风吹动盈湖水，助力长丰再远征。

《庐州诗苑》第69期

寿州吟

景色

城墙百丈接苍穹，璀璨人文两袖风。
才忆归帆吴尾客，又闻创业楚头雄。
八公山下旌旗湿，淝水身边豆腐红。
凤舞龙飞惊世界，寿春景色日葱茏。

注："豆腐红"指豆腐已走出国门，走向世界。"凤舞龙飞"寿县为中国书法之乡。

《寿州炳烛》第 1 期

2017.11.1

水利

自古收成多靠天,安丰塘畔乐耕田。
布衣贤士兴民利,恩泽绵绵年复年。

注:安丰塘与都江堰齐名,布衣贤士,即兴修安丰塘的孙叔敖。

《寿州炳烛》第1期
2017.11.1

临江仙·写意

淝水东流生紫气,无边风景全收。花香绿晕醉田畴。歌声飞沃野,碧浪荡兰舟。　　岁月不堪回首处,平添多少忧愁。寿州城上阅春秋,江山如水墨,妙笔写风流。

《寿州炳烛》第1期
2017.11.1

丁酉重阳(新声韵)

寿客霜侵韵更浓,天光云影自从容。
清欢本是心中愿,淡雅偏惊雪里红。
不与群芳争伯仲,敢将孤胆闯西东。
东篱早备黄花酒,献给人间众妪翁。

注:“寿客”,菊之别称。

《寿州炳烛》第 1 期

2017.11.1

浪漫重阳

酒入豪肠忆老庄,逍遥游客梦洪荒。
拾秋倍觉烟云渺,回首方知岁月长。
斥鹦乘风寻趣味,大鹏垂翼阅沧桑。
人生击水三千里,笑看群山下夕阳。

丁酉年九月初九

《庐州诗苑》第 69 期

2017.12

喜读盛法老新著《无射斋吟稿》(新声韵)

顽童最是有精神,剑胆琴心冰雪魂。
口吐莲花香岁序,笔惊词苑醉诗群。
传承国粹初心许,布道新声气韵存。
回首人生风雨路,举杯邀月对天吟。

《太白楼诗词》第 58 期

游园即兴

阵阵和风拂绿茵,潇潇春雨浥轻尘。
多情还是包河柳,织顶相思送恋人。

题友人画《墨梅》（新声韵）

一树清香意在春，斗霜傲雪倍精神。
墨痕未干花争放，片片丹心告慰君。

沁园春·金秋

丹桂飘香，枫叶飞红，硕果压枝。喜神州处处，山清水秀；惠风习习，心旷神怡。南国收金，北疆种玉，遍地歌声遍地诗。登高望，正沧桑巨变，斗转星移。　　英明顺应天时。寻大道，征程无绝期。敢披荆斩棘，风雷喝彩；革新除弊，童叟摇旗。四海升平，扬帆破浪，不悖初衷再誓师。百年计，看中华崛起，举世惊奇。

《庐州诗苑》第69期
2017.12

边城

一江灯火一江幽,一串歌声一串秋。
灯火接龙迎远客,歌声拂水送扁舟。
吊楼摇曳难眠夜,古渡沉浮未许愁。
展翅凤凰鸣世界,神州无处不风流。

2017.12.17

胡杨礼赞

车驰沙海路生烟,遥看波光走旱船。
日落星垂无鸟影,胡杨抱死也撑天。

2017.12.18

丹心

雪抱梅花梅拥雪,相依相伴斗严寒。
疏枝倒映三分月,横影飞来一寸丹。

2017.12.26

香魂

雪抚梅花点点黄,痴情全在梦中藏。
平生难改疏狂志,不负春光暗吐香。

2017.12.27

梅意

强行离去太伤心,欲借寒风拭泪痕。
不是疏枝担寂寞,却因硬骨点迷津。
追求都付风云雨,苦斗全凭精气神。
待到群芳争吐艳,高擎祝福对天吟。

2017.12.27

木兰花·朝霞

——贺肥东诗词楹联学会《朝霞》复刊

欣闻东廓春光好,四顶朝霞刚破晓。小舟载梦入云涛,喜见二泉留玉照。　　清风吹却心头恼,八斗难为惊叹号。诗家把酒饮飞花,古韵新声谁更俏。

2017.12.31

临江仙·飞雪迎诗会

一夜北风吹雪醒，争先恐后狂奔。飘飘洒洒送温存。只因情暖手。不禁泪沾巾。　　大地茫茫真洁净，几人懂得清纯。欣闻上苑正良辰。琼花开四野，万木盼新春。

《炳烛诗书画》2018 年第 1 期

2018.1.4

踏雪夜归

一

飞花朵朵洒荒原，少见行人笑语喧。
缩颈藏头忙赶路，何时可到杏花村。

二

飞絮追风飘六合，乱云滚动扑高轩。

也知路险行人累，钻进衣衫帮降温。

三

不违时令润芳源，乐与梅花戏一番。
玉蝶也知天太冷，纠缠袖领觅温存。

2018.1 作于大雪后

一剪梅·无题

曾忆当年情意投，月下花前，海市蜃楼。心心相映度春秋，苦也悠悠，甜也悠悠。　　天妒红颜梦未酬，只伴寒灯，只守空楼。携来遗恨上扁舟，雨打孤帆，逐水漂流。

2018.1.12

为女儿雪中题照

雪里红装格外娇，不输杨柳小蛮腰。
梅君须逊三分韵，只距羞花一步遥。

2018.1.14

贺“庐阳巾帼迎新诗词大会”

庐阳巾帼最风流，敢摘星辰赠九州。
惊艳花丛蝴蝶梦，清词丽句写春秋。

2018.1.19

侧影(新声韵)

飞针走线补窗帘,似见红装伴玉蟾。
手巧心灵缝岁月,且歌且舞度华年。

2018.1.28

春曲

早春

残雪消融柳吐芽,农人挥汗种桑麻。
空中紫燕穿情网,雨后山村挂彩霞。

2018.2

迎春花

风拂柔姿美绝伦，淡黄深绿特精神。
山寒水瘦无飞鸟，迹杳音稀有落鳞。
不屑杨花争薄幸，却期天水涤芳尘。
紧追岁月沧桑梦，献给人间一片春。

《安徽老年报》
2018.2.10

山村恋

耕牛垄上印蹄花，插罢秧苗再种瓜。
少女屏中寻爱爱，儿童树下过家家。

逢春

东风未及问杨柳，敢着迎春迷你裙。
心绪满枝谁会意，花开时节喜逢君。

《庐州诗苑》第70期
2018.3

流连

遥看东君入翠微,痴心怎不醉芳菲。
春光挤破农家院,蜂蝶寻情忘记归。

《庐州诗苑》第 70 期

2018.3

贺汤池柳园诗社成立十五周年(新声韵)

经典传承梦境同,柳园花艳醉西东。
放飞孔雀三生梦,曼舞荆公一夜风。
六十清词涵海岳,五千雅韵织霓虹。
欣逢盛世诗家幸,妙笔丹青绘巨龙。

注:柳园诗社成立十五年了,共编发《柳园诗苑》六十期,刊发五千余首诗作。“一夜风”系王安石(荆公)《菩萨蛮·数家茅屋闲临水》中“吹开一夜风”。

《庐州诗苑》第 70 期

2018.3

巢湖

造化钟神生万象,波光潋滟醉姑苏。
姥山捧出天心月,献给人间酒一壶。

《庐州诗苑》第70期

2018.3

寻(新声韵)

银河冻裂泪垂天,化作飞花去不还。
只怨太空无暖意,温馨总是在人间。

《庐州诗苑》第70期

2018.3

闹春

一夜风开芳草地，三冬雪润艳阳天。
谁持濡彩生花笔，饱蘸春光写大千。

2018.3

悼炳章兄

寒冬刚过又吟春，正忆何君书育人。
天妒英才魂不逝，回眸芳草绿茵茵。

注：何炳章，曾任合肥市人大常委会副主任，合肥市教委主任。终生从事教书育人工作，著作等身，桃李满天下。

2018.3

吟上元

诉衷情·结同心

春风不请自光临，暖手解衣襟。枝头早吐新绿，花信苦追寻。横短笛，拨瑶琴，约知音。影随身后，岁月流金，共结同心。

生查子·闹元宵

星光辉映时，广场灯如昼。起舞踏歌声，多在黄昏后。　　炎凉皆不惊，体健能长寿。明月点花灯，乐与儿孙逗。

2018.3.2 元宵节前夜

醉春风·庆新春

月上枝头风拂柳，街巷花灯走。佳节庆新春，喜上眉梢，偷把相思叩。　　当初共饮茅台酒，醉了樱桃口。微信约黄昏，臂挽知音，怎把心猜透？

2018.3.2

将军本色是诗人

——依韵贺李文朝将军七十华诞

梦笔生花世上稀，匠心独运破难题。
修身敢立凌云志，持戟轻披铁血衣。
击鼓高歌迎旭日，挥毫泼墨润珠玑。
传承经典开新局，喜看诗坛风舞旗。

《一唱百和同咏春》——李文朝领唱酬和集

2018.3

海峡

绕岛巡航莫紧张，看家护院事寻常。
雄鹰展翅惊风雨，利箭腾空射虎狼。
国大似天天有眼，血浓于水水无疆。
文韬武略囊中取，一统金瓯傲汉唐。

《庐州诗苑》第 70 期

2018.3

猜

三月春风拂面来，梨花带雨下瑶台。
灵犀一点开心锁，寄上诗情请你猜。

2018.3.23

拾翠(新声韵)

碧桃一笑又东风,倍觉今年春色浓。
君欲踏青须趁早,等闲识得月如弓。

丁香吟

不爱红装爱淡妆,娇羞全在叶中藏。
回眸雨巷销魂处,惊羡春光列两厢。

2018.3.27

春使

苦等一冬无信息,谁知昨晚响惊雷。
莫非春雨随人意,催醒桃花好运来。

《诗词月刊》2018 年第 4 期

天水

九曲黄河天上来,挟风带雨共徘徊。
花开惊艳千年梦,浪激飞鸣万里雷。
滋润山川生锦绣,横穿岁月涤尘埃。
高歌一路奔东海,恩泽绵绵去又回。

2018.3.28

寄江南(新声韵)

去年今日在江南,好借丹青绘彩笺。
只恐相思无所寄,痴情一片付春山。

2018.4.6

青玉案·心曲

月光才把西窗叩，鸟栖树，花交友。一朵白云羞出岫。小溪弹曲，软香穿柳，人约黄昏后。　　知心话语刚开口，无奈天明又分手。春夏秋冬思念久。肩担风雨，鹊桥临水，莫待情熬瘦。

2018.4.22

西兰花正香

东风传信蝶蜂忙，采得春光气更昂。
遍野青花云做客，接天椰菜夜来香。
耕耘美丽能圆梦，装载双赢去远航。
响水涛声迎海日，江南江北正梳妆。

注：青花菜、椰菜——西兰花别称。

2018.4.26

恋柳

为等东君未吐芽,不知何日可披纱。
柔枝拂水水波舞,玉树临风风雨斜。
对对林莺传信息,声声江笛送飞花。
万条垂下丝绦梦,激活春光不用夸。

2018.5.8

四月天

——林徽因:一身诗意千寻瀑,万古人间四月天。

最忆人间四月天,多姿杨柳舞翩跹。
黄莺枝上频传信,紫燕风中互结缘。
无意赏花花吐蕊,有心戏水水含烟。
酿成梦想藏诗里,抽出情丝织锦绢。

《庐州诗苑》第71期
2018.6

心愿

西风扫落红,弯月割昏晓。
孤傲立霜中,只因情未了。

《庐州诗苑》第 71 期
《中华诗词》总第 243 期
2018.6

淝水谣

日暖花开遍地香,莺飞草长读华章。
和风吹绿河边柳,细雨浇红陌上桑。
白石逢春春缱绻,彩云追月月彷徨。
赤阑桥下相思泪,打湿诗词多少行!

注:白石即南宋著名文学家——姜夔。

《庐州诗苑》第 71 期
2018.6

江城子·无题

相思又到梦中央。老时光,旧衣裳,物是人非,独自暗悲伤。曾忆当年初见面,眉儿跳,手儿凉。　　同声相应诉衷肠。羡鸳鸯,谢红娘。岁月无常,花落去何方。正谱芳华情却断,心似木,发如霜。

《庐州诗苑》第71期

2018.6

一剪梅·落英

总是春风吹不休,唤醒芭蕉,叩问花楼。新芽急急展芳姿。一树相思,几许离愁。　　彩蝶双双竞自由,情涌心头,香染荒丘。红颜无语诉沉浮。雨打残英,笛送扁舟。

《庐州诗苑》第71期

2018.6

耕春

蝶舞蜂鸣伊甸园,山欢水笑结情缘。
寻芳人惜三春景,拾韵吾辞一夜眠。
老骥殷勤驮夙愿,朝霞瑰丽织华旃。
惠风传递飞花令,华夏同书筑梦篇。

《庐州诗苑》第 71 期

2018.6

临江仙·菊外话

孑立寒风香四溢,经霜愈显葱茏。横穿春夏与秋冬,炎凉皆不问,淡定且从容。　　世事苍茫难预料,人生逐水飘蓬。吟诗作画戏飞鸿。几番寻梦境,一曲夕阳红。

《庐州诗苑》第 71 期

2018.6

山恋(新声韵)

手挽清风入翠微,步惊宿鸟载香飞。
青梅初展娇羞面,紫竹嘻穿迷你衣。
拾级千层游树海,回眸百卉斗芳菲。
笛声唤醒小溪水,笑问朝霞他是谁?

《庐州诗苑》第 71 期
2018.6

祭

总忆英魂逐逝波,雨花洒泪泪婆娑。
沧桑岁月难回首,烈士惊呼为什么。

《庐州诗苑》第 71 期
2018.6

肥东采风篇

泉山留影

远看群山生紫烟，穿花傍柳到身边。
参天老树斗风雨，悦耳泉声催月眠。

包氏宗祠遐思

龙图故里沐清风，直道身谋气若虹。
三口铡刀安社稷，一弯新月映苍穹。

注：一弯新月指包公脸谱上的“天眼”。

和睦园写意

柳戏碧波云弄影，鱼翔浅底燕穿杨。
绿茵风起身尤爽，紫苑霞飞日正长。
小径踏歌花解语，高楼枕水玉生香。
东城高唱迎宾曲，喜看青莲映海棠。

《庐州诗苑》第 71 期
2018.6

新梦

春雷动地又惊天，细雨追随身后边。
雷响千山皆着绿，雨亲万水俱生烟。
新枝急绽心中愿，老曲争弹月里缘。
紫燕衔来花世界，晚霞映醉幸福年。

《庐州诗苑》第 71 期

2018.6

太湖春

雨过青山山妩媚，燕穿翠柳柳含烟。
花亭湖上飞虹雨，文博园中话大千。
朴老喜归桑梓地，佛音萦绕太平年。
山乡本是多情客，手捧春光到面前。

注：朴老指赵朴初。

2018.6.6

邹人煜先生逝世五周年祭

一

忠贞不渝是诗魂，只有心痕并泪痕。
气节如山担世道，焚香祭拜哭乾坤。

二

耳畔依稀听教诲，眼前似见梦中贤。
生花铁笔挥风雨，大地春归唤紫千。

注："紫千"乃邹人煜笔名。

2018.6.23

花儿朵朵绽诗情

——写给明光市工人子弟小学

童音童趣吟经典，国学传承谁领先？
最是园丁心血注，幼苗终究可参天。

赞明光市中医院诗教

杏林佛雨降甘霖，祛病强身贯古今。
经典传承诗入药，回春妙手是医心。

2018.6.25

春雷

隐隐春雷震八荒，神州处处起苍黄。
无边光景谁裁出，万紫千红向太阳。

艳阳天

于无声处惊雷响，春雨潇潇送旧年。
破釜还须生死举，扬帆直教浪花旋。
打开田野丰收曲，捧出城乡化蝶篇。
万里江山千幅画，世人争唱《艳阳天》。

2018.7

凉

呼朋携友到藕塘，荷盖高擎日影长。
水里可生无限意，心中能匿几红装？

2018.7.3

复兴梦

业不惊人誓不休，大刀阔斧写春秋。
门开四海迎商旅，路接五洲联友俦。
永固江山除百害，不忘邦本定千秋。
领航全靠经天手，崛起中华第一流。

张纯道兄《啸雨轩》读后

《啸雨轩》中再识君，文章道德色缤纷。
秋鸿有信衔佳话，春梦无痕赠美文。
手捧丹心吟岁月，笔生硬骨斗风云。
登高方觉群山小，淡泊才能天下闻。

2018.7.14

春曲

山水相依最醉人，花亭湖上落星辰。
回乡难觅儿时路，归客迎来满目春。

2018.7.22

【正宫·小梁州】盼

秋雨秋风好个凉，雁掠荷塘，山村又是菊花黄。丹枫望，何日可还乡？　　【幺篇】年初送客江湖上，算时光错了重阳。夜特长，空惆怅，孤灯垂泪，捧月品《西厢》。

2018.7.26

“八·一”感怀（新声韵）

军装虽旧存风骨，曾记当年留泪痕。
铸就雄心担岁月，炼成铁胆摘星辰。
重温宗旨酬民意，再塑军魂守国门。
莫问老夫能饭否？扬鞭跃马踏征尘。

2018.7.31

祝贺合肥市楹联学会成立

淝水流金遍地诗，蜀山滴翠醉瑶池。
百花园里齐争艳，谁占楹联第一支！

2018.8.1

鹊桥仙·七夕雨

台风发怒，暴雨倾注，银汉难寻樯橹。一年一度盼重逢，时辰到，相思互吐。　苦为生计，难为酸楚，神会只能梦语。鹊桥折断误佳期，泪眼望，芳心瘦许。

2018.8.17（七夕）

【正宫·小梁州】

祝贺《安徽吟坛》微信公众号创刊

八皖吟坛织彩珠,策杖扶疏,邀来兴趣品诗书。频回顾,喜见有人呼。　〔幺〕新声古韵沧桑句,学坡仙,淡定如初。共拜儒,同燃炬,齐云天柱,吟唱颂金乌。

注:齐云山、天柱山皆皖名山。

《中华散曲》第7辑

2018.8.18

江南曲·太湖春

雨润长河,风吹玉树,春光不到无情处。青山叠翠水流香,小楼如笋烟云幕。

文博园中,朴初故里,传承经典开新路。花亭湖上赛茶歌,黄梅一曲神州赋。

《庐州诗苑》第72期

2018.9

迁徙

生生死死不分离，都说乡愁无绝期。
忍弃小家修伟迹，服从大局立丰碑。
移来紫气选新址，送上心香燃旧祠。
喜看太湖迎远客，同声合唱赞传奇。

2018.9.2

蝶恋花·新居

曾饮长江天上水，子子孙孙，出没深山里。鱼跃鹰翔无可比，一朝重写乾坤史。　大道为公碑立起，且作移民，结伴同迁徙。喜看新花开四季，心安福至天随意。

2018.9.2

祝贺长丰首届农民丰收节楹联

草莓

飞红叠翠人人爱
采玉流香日日甜

画卷

东风化雨三春醉
铁笔生花四季香

长丰

长治久安时时都有花枝俏
丰收喜庆岁岁同迎幸福年

庆丰收

秋分时节访农家，一路欢歌一路花。
遍地流金香岁月，满棚滴翠绿天涯。
沉雄高铁穿烟雨，潋滟湖光映彩霞。
未入茶楼人已醉，笔凝喜悦颂风华。

2018.9.8

青玉案·吴山

一年一度秋分至，五谷熟，歌声起。收罢黄金收翡翠，粮仓贮满，农家欢乐，还有心中喜。　　吴山名镇风流地，美丽乡村绿荫里。铁笔银钩书历史。清波红掌，迷人滋味，魅力谁能比？

2018.9.8

贺丰收节

村村锣鼓惊天响，彩带红灯舞陌阡。
遍野谷香飘雁影，满岗果熟动心弦。
春播希望夏生长，秋获丰腴冬入眠。
最是农家歌盛世，举杯邀月诵诗篇。

2018.9.8

踏莎行·秋分

沃土飘香，清波溢彩，黍黄茭白农家菜。篱边墙角菊花开，鸡鸣犬吠原生态。　地铺艰辛，水藏鲜蟹，一弯新月歌声载。丰收锣鼓入云天，小康日子从头迈。

《诗词月刊》总第156期

2018.9.22

沉痛悼念芮春生会长

庐江相识喜同声,乐在诗坛岭上鸣。
天妒英才公去后,花开时节恰春生。

《庐州诗苑》第 72 期
2018.9

淮河柳语

遇水能生不用愁,新芽走在雨前头。
丝丝垂下千般爱,树树支撑万幢楼。
编织花篮装岁月,点燃渔火庆丰收。
排空浊浪谁推远,欣看淮河唱自由。

《庐州诗苑》第 72 期
2018.9

诗城曲(新声韵)

头枕长江脚踏山,手持彩练舞云端。
建康锁钥开新局,禹甸精神孕大观。
采石矶头追玉镜,青山丛里卧青莲。
何当对酌花间酒,喜看诗城又着鞭。

注:“建康锁钥”即马鞍山。

《庐州诗苑》第72期
2018.9

【越调·小桃红】戏水

一轮圆月水中央,情洒花舟上。追罢秋风又追浪,特疯狂。今宵欢聚终难忘,彩灯映红,动人模样,恣意卧芬芳。

【黄钟·人月圆】悟

人生不老精神气，心态定乾坤。功成垂败，浮名虚誉，过眼烟云。　　【幺】江山如画，英雄似卿，都付秋春。招来孤鹜，追回残梦，牵手黄昏。

《中华散曲》第7辑

2018.10.2

读何迈老诗集《了了斋吟草》有感

了了斋吟惊世篇，耕耘播雨润华年。
诗词曲赋清虚梦，脚踏南山手抚天。

2018.10.16

重阳登高

秋风送我黄金曲,我赠秋风一缕香。
再与晚霞留个影,闲观雁阵剪苍茫。

2018.10.17

井冈行

金秋时节复登临,枫叶如丹倍热忱。
跃上层霄云让路,笑看丽日水流金。
黄洋界上乾坤定,挹翠湖中岁月深。
祭拜英魂花洒泪,归来明月故人心。

2018.11.6

西江月·重游井冈山

三月井冈相约,群山列队欢迎。小溪欢笑鸟和鸣,还有清风助兴。　　常忆黄洋炮火,似闻五井歌声。杜鹃香里颂英灵,多少红旗辉映。

2018.11.6

满院春·大别山诗会

四市诗朋会古皋,清词丽句起波涛,秋风迎客上云霄。
大别山中歌历史,杜鹃花艳接天骄,老区遍地涌春潮。

2018.11.22

拜读盛法老《无射斋吟稿续编》有感(两首)

一　如梦令·启

掩卷凝神吟诵,似见游龙鸣凤。拱手拜诗翁,细品《梅花三弄》。灵动,灵动,自古英才天纵。

二　唐多令·悟

淝水绕庐州,波浮得月楼。汇古今,穿透春秋。夹岸灯光明灭处,涛声里,数风流。　　潇洒立潮头,放歌随梦游,阅沧桑,斩棘通幽。捧出桂花寻北斗,终不悔,作诗囚。

2018.12.10

沙龙

久闻月旦聚群雄,手捧莲花映彩虹。
激活古今诗世界,徐开绣口吐春风。

注:诗社——月旦沙龙。

2018.12.14

蝶恋花

——纪念改革开放四十周年

四十年来风雨路,旰食宵衣,重把江山塑。秋月春花曾几度,神州蝶变嫦娥舞。　　喜看今朝旗指处,驾驭航船,帆正和云翥。历史潮流谁敢阻,中华崛起惊寰宇。

《庐州诗苑》第72期
2018

忆莲

借用清波可濯愁，枯荷听雨忆春秋。
焚身不改身如玉，犹送泥香润九州。

2018.11.22

迎春曲

围裙一抖满天霞，叫醒山溪唤醒花。
放出鸡声寻乐趣，春风沽酒到农家。

雪语

争先恐后下瑶池，六角精灵献祝词。
洒向五洲花万朵，装成四海玉千姿。
铺填世上贫穷路，萦绕心中那面旗。
助力东君临大野，江山为我赋新诗。

《红叶》2019 年第 1 期

2019.3.15

散文及其他

却是无名胜有名

某食品厂生产的方片糕,是合肥名产。近几年来质量欠佳,“片糕”几成“砖糕”,无奈合肥只此一家,别无分店,逢年过节,人们请客送礼只好“将就将就”。

年前,孩子从商店买了一条方片糕。我一看,是“合肥郊区大圩食品厂”生产的方片糕,心想,名牌货尚且如此,何况这无名小厂,便不屑一顾地对孩子们说:“拿去吃吧!”

一会儿,女儿悄悄跑来,硬向我嘴里塞了一块。谁知不嚼而化,满口香甜!我赶忙将仅存的半条往桌上一放,嗬!片片若即若离,厚薄均匀一致,雪白晶莹剔透……真是,要知道梨子滋味,得亲口尝一尝。据了解,这个集体小厂只有十几名知青和两位退休老师傅。他们注重质量,精心制作,使别具一格的新品在合肥市场上崭露头角。同是方片糕,究竟孰高?不怕不识货,就怕货比货!

《人民日报》市场版

1982.4.5

初识"雾里青"

"五星级国际茶王""龙脉兰香"——茶中珍品、天方茶苑的"雾里青",如雷贯耳,尤其是每当在电视广告中看到美若天仙的姑娘们手捧青花瓷瓶装的"雾里青",含情脉脉,轻移莲步,从如幻如梦的世界款款走来时,真的使人如痴如醉、浮想联翩。

茶中极品——"雾里青"究竟生于何方、产于何地,何日得以一睹"芳容",一直是我梦寐以求的。机会来了,清明刚过,在"烟花三月下扬州"、莺飞草长的时节,应天方茶业集团老总郑孝和先生的盛情邀请,省散文家协会的作家、诗人们在散文家协会主席徐子芳先生的率领下,赴"雾里青"产地——皖南石台县采风,这才遂了心愿。

四月二十七日晌午,我们一行由省城出发,傍晚到达池州石台。这里就是世界名茶"雾里青"的产区,被誉为绿茶"金三角"产地的皖南海拔千米以上的高寒山区。这里雨水充沛,气候湿润,温度适宜,终年云雾缭绕,四季花开不败,得天独厚的天然环境,是绿茶的理想产地。

四月的江南"日出江花红胜火,春来江水绿如蓝",天空碧蓝如洗,空气清新,风中带甜,雨里含香,山清水秀。对久居闹市,似乎终日生活在混沌之中的人们来说,来到这"世外桃源"才真正体会到回归自然的美妙和可贵,难怪有人说,到此就是"洗肺"了。

翌日,在公司办公室王主任等带领下,我们一行开始了"寻根之旅"。早餐毕,乘中巴车出县城,在依山傍水的山间公路蜿蜒穿行四十余千米,就到达了目的地。一路湖光山色美不胜收,一车欢歌笑语不绝于耳。山道弯弯,香风阵阵,左盘右旋,时上时下,进入“山重水复疑无路,柳暗花明又一村”的境界,人在车中坐,车在画中行,不知不觉就到了黄山余脉、仙人居住的地方——仙寓山了。这里就是“雾里青”主产区。只见高山蔽日,林木参天,山风悠悠,溪水淙淙,鸟鸣绕耳,花香充盈丹田,竹舞婆娑,兰吐祥瑞。层层茶田隐现于云雾之间,点点红装出没于绿波之上。这里的茶采天地之灵气,纳日月之精华,与松为邻,与蕙相伴,雪浸寒根,雨润春芽,仿佛在禅境里生长,在清净中绵延。人入此境,远离红尘,灵魂也会净化许多。

“吹面不寒杨柳风”过后不久,接踵而至的是“二月春风似剪刀”,这时,天边隐隐传来声声春雷,数度东风,几场春雨,寒意消遁,春意融融,经过冬眠,茶的精灵们纷纷苏醒,争先恐后地绽放新蕊,抽出了嫩芽,油光闪亮地向春天报到,羞羞答答地向大地问好。她们呼吸着新鲜空气,和春风嬉戏,借春雨梳妆,缥缈虚幻中登场向人们献上美好的青春和温馨的祝福。

在清明前二十天左右,嫩芽才露尖尖角,茶农们头戴笠、身背篓、破晓雾、踏春寒,走出家门,走上山巅,在朝阳沐浴中,在山风吹拂下,开始了新茶的采摘。此时小伙子唱起采茶歌,姑娘们跳起了采茶舞,白云跟着茶歌走,蝴蝶绕着姑娘飞,整个茶山便灵动起来了。

茶农将采摘的新茶送往山下的制茶工厂,白天采茶,晚上制茶。在东道主的精心安排下,我们参观了天方茶苑的一个工厂。该厂的王厂长为满足大家的心愿,现场演示了手工炒茶揉茶的部分程式。只见他在火力分大、中、小的三口锅中灵巧地翻动茶叶,动作潇洒,通过看、闻、触、判有条不紊地进行着,一看便知是炒茶高手。作家、诗人们不仅看得津津有味且跃跃欲试,女作家杨慧用她那纤纤玉手跟着王厂长“现炒现卖”,散文家协会主席徐子芳先生也按捺不住,挽起袖子猫下腰,用他那写出《陶铸生命的最后43天》《凤鸣中都》《合肥赋》等名播华夏文章的妙手,从锅底将茶轻轻抄起,慢慢抖撒,茶叶在空中旋转、曼舞,洋洋洒洒落下,如此循环往复,看得大家啧啧称妙。原来徐主席家居茶乡之一的庐江,自幼耳濡目染,无师自通。王厂长还告诉我们,“雾里青”制作要经过杀青、抖散、揉捻、炒青、理条、搓揉、拣剔、提毫……总共三十七道工序,制茶技师非五年以上历练,是不能上岗的,可见采茶之不易,制茶之艰辛。据介绍,过去都是制茶高手手工生产,现在大都用上了机器,既能减轻劳动强度,又大大提高了产量。

茶叶制成后,经过严格检查验收之后再进行包装。极品名茶“雾里青”包装既严格又考究,先用锡纸密封,再装入“青花瓷罐”内,并在显著位置标有“海拔1000米以上”字样,为了让人们联想起历史的传奇,外包装盒上印有在大海上乘风破浪的“哥德堡号”图案和字样。因为在1745年,它从广州登上“哥德堡号”商船,在接近瑞典时不幸遇险沉没,两百多年后被打捞出来,青花瓷瓶内的“雾里青”依然清香扑鼻,令世人惊叹!整体包装以有“兰为王者香”的兰花为背景,超凡脱俗,典雅端庄,做到表里如一、相得益彰。

业内权威人士告诉我们:“雾里青”必须生长在海拔千米以上的高山,必须是刚出蕊的嫩芽一枚,必须是“明前茶”。技术娴熟的茶农,一日所采茶能制成高档“雾里青”的仅两许,一斤茶约需25000枚嫩芽方可制成,年产量也只有三万斤。而且仙寓山是中国三大硒元素地域之一,“雾里青”除是高山云雾茶之外,独具特色的是含有对人体健康极为有利的硒。茶以“硒”为贵,被誉为“五星级国际茶王”的“雾里青”闻名遐迩、香飘五洲，走出安徽，走出中国，走向世界，为中华民族的复兴大业，为实现中国梦，默默地做出贡献，默默地散发着清香。

至此，骤成小诗一首，献给“雾里青”。

春雨润山乡，茶歌飘四方。

芳香醉世界，雅韵伴天长。

安徽《大散文》总第 62 期

2013.6

红颜殉霸业　碧血映乾坤

——虞姬文化园遐想

“汴水流，泗水流。流到瓜洲古渡头，吴山点点愁。思悠悠，恨悠悠。恨到何时方始休，月明人倚楼。”白居易的一首千古绝唱《长相思》，把我们领进了历史文化名城——皖北的灵璧。灵璧，汴水蜿蜒曲折、流连忘返地穿越而过，留下了一川诗画，泗水遥望，涛声呼应着历史传奇。

我在“五月榴花红似火”的宜人季节里，有幸参加了灵璧采风活动，深入地领略了“三元”文化、感受着浓郁的“楚风汉韵”。所谓“三元”文化，即“奇”“美”“神”。“奇”，指中国四大奇石之首的灵璧石。脍炙人口的《完璧归赵》的故事中的“玉”，据说就是灵璧石。灵璧石——国之瑰宝，穿越千年历史烟云依然熠熠生辉；“美”指“虞兮虞兮奈若何”的绝代佳人——虞姬；“神”便是“为了打鬼，借助钟馗”的钟馗了。此纲一举，全盘皆活。整个灵璧的旅游业以历史文化为纲，以自然资源为络，以人文精神为韵，浓墨重彩地将灵璧从历史深处推到国人面前，推向世界，灵璧必将掀开亮丽的一页。

在采风活动中，我们重新参观了虞姬文化园。

虞姬文化园位于县城东 7.5 千米处，南接垓下古战场，北临古汴河，墓阜高 6 米，基宽 11 米，占地面积 300 余亩，计划总投资 2.3 亿元，将打造成国家 AAAA 级旅游文化景区。记得“文革”结束后，一次出差路过灵璧，曾匆匆地来寻找过虞姬墓。那时，虞姬墓在一片瑟瑟秋风中很是萧索。一堆荒冢伴残月，满腔忠魂诉东风，无任何标识，四周的庄稼无精打采，远处的乌鸦不时发出一两声凄厉的鸣叫，使人不免生出许多惆怅。

今日再游，令人刮目相看。墓园规模宏大，气势不凡，设计之灵巧，布局之精心，独具一格。既有四时不谢之鲜花簇拥，又有终年长青之绿树掩映。和煦的微风牵着人们发思古之幽情，悦耳的鸟鸣伴着游客品历史之厚重，小桥流水诉说着英雄美女绝世之爱，亭台楼阁演绎的是楚风汉韵惊天伟业。历代文人骚客触景生情，写下了一首首千古绝唱，多少如椽巨笔慷慨悲歌，镌刻出一幅幅传世墨香。

公园前 202 年，楚汉之争大势已显，刘邦、项羽决战于灵璧垓下。曾经叱咤风云，江山在脚下颤抖，日月随双臂飞驰，一代霸王的项羽被昔日的兄弟，“时无英雄，使竖子成名”的刘邦，重兵围困于垓下。时至今日，这个傲视群雄的天骄陷入了众叛亲离、四面楚歌的窘境，发出了“此天之亡我也，非战之罪”的感叹。看着跟随自己出生入死、浴血奋战八年的爱妻——绝代佳人、倾国倾城的虞姬，他仰天长叹：“力拔山兮气盖世，时不利兮骓不逝。骓不逝兮可奈何！虞兮虞兮奈若何！”在生离死别的最后关头，虞姬向大王敬了最后一碗酒，劝大王安睡，拔出了夫君的青锋剑，在大帐内，在烛光下，在月色中，百感交集，梨花带雨，边舞边唱：“汉兵已略地，四方楚歌声。大王意气尽，贱妾何聊生？”声声血，字字泪，但舞步依然不乱，身姿尤其迷人，剑光直逼牛斗，忠贞撼天动地。歌毕、舞罢，望着壮志未酬的丈夫，望着江山已尽的霸业，玉臂挥剑，血溅桃花。在烛光的叹息中，在汴水的哽咽下，二十八岁的国色天骄，挽着历史的遗憾，带着对夫君的忠贞，怀着爱情的绝唱，缓缓地，缓缓地倒在夫君的脚下，倒在大地的怀抱，香消玉殒……

儿女情长，英雄气短，看到爱妻用劈开江山的青锋剑自刎后，霸王痛不欲生,江山美人皆失去,壮怀激烈空对月。他此刻决心已定,匆匆掩埋了虞姬尸骨后,带着残兵败将向乌江驰去。望着滚滚东去的大江,望着江东父老,他觉得,大丈夫生于天地间,立是一座山,躺是一条河,生死何所惧,正气留人间,拔出了这把定乾坤揽日月的青锋剑,这把还带有虞姬的血、虞姬的心、虞姬的情、虞姬的恨的青锋剑自刎于乌江边。一座大山轰然倒下,大地为之颤抖,江水为之断流,日月无光,山河垂泪……他随江水漂走了吗?没有,他追寻他的梦想去了,追寻他的爱去了……“问世间,情为何物,直教生死相许!”“青史凭谁定是非”,后来,才有宋人李清照的惊世之作:“生当作人杰,死亦为鬼雄。至今思项羽,不肯过江东。”

硝烟散去,呐喊声走远,当地群众被虞姬的忠勇所感动,纷纷给虞姬培土掩埋。他们边堆坟边流泪,当坟墓堆高八丈时(因虞姬跟随项羽征战八年),泪水已流成一条河,即现在人们俗称的淌泪河(在虞姬墓东侧)。河水静静、河水清清、河水悠悠,大概还在不断地向人们诉说虞姬的故事。

在虞姬墓上长着一棵桃树,每年三月,桃红柳绿,可是此桃树偏偏与众不同。天下桃花皆红,唯独它开出的却是白花,世上桃树开花结果,桃子是甜的,这棵树结的桃子偏是苦的。这白色桃花也许心有灵犀,象征他们这凄美缠绵的爱情,洁白无瑕是那么高尚,那么美丽,那么纯洁,令世人羡慕、赞叹!当地人说,这棵桃树已有千年,因为思念、崇敬虞姬才开白花结苦果,人非草木,孰能无情,草木如此,人何以堪?人间自有真情在,江山沉浮,世事沧桑,唯有真心、真情、真爱,唯有忠贞不渝、肝胆相照,“生命诚可贵,爱情价更高”,才能在历史长河中绽放绚丽娇艳的花朵来。还是记住这幅碑刻吧,“虞兮奈何,自古红颜多薄命;姬耶安在,独留青冢向黄昏”。

以一首《木兰花》小词作结："东城忽见风光妙，青冢蝶萦春意闹。楚风汉韵颂千秋，成败兴衰空有庙。人间唯恐知音少，一诺千金君莫笑。为情驾鹤伴斜阳，寂寞孤坟留晚照。"

2014.5

国酒——茅台吟

泱泱文明古国,悠悠沧桑岁月。物华天宝,滋润秀丽山川,人杰地灵,演绎惊世绝唱。四时分明,春花秋月映人间悲欢离合,九州广袤,物阜年丰兆世上夏茂冬藏。五千年灿烂文化在中华大地上传承,亿万人前赴后继用聪明才智创造辉煌。

神奇贵州,贵似天堂。贵州茅台,酒中之王。粮中瑰宝兮,极品小麦高粱;赤河之水兮,天然玉液琼浆。采天地之灵气兮,呕心沥血构思,纳日月之精华兮,破茧成蝶酝酿。两次投料不疲,七次取酒品尝,八次反复发酵,九次蒸炒封缸。既有精湛之工艺兮,又有绝世之秘方。升华因得天独厚,问世则不同凡响。绵柔、醇和、浓香。情深而挂壁兮,色熏而微黄。入口心旷神怡兮,吐气则余香绕梁;小酌似春风拂柳兮,豪饮却荡气回肠。头不疼、心不慌,文思泉涌兮,神采飞扬。国宴珍品兮,举世无双;主席点赞兮,总理欣赏。

俱往矣,多少风流人物,何以解忧,唯有杜康。无数英雄豪杰,葡萄美酒夜光杯,风流倜傥。曹孟德青梅煮酒论英雄,桂花酒点点滴滴醉吴刚。武松痛饮十八碗,气冲霄汉山抖,怒火烧红残阳,铁拳打虎,除暴安良。李白"酒入豪肠,七分酿成了月光/余下的三分啸成剑气/绣口一吐就是半个盛唐"①。"莫使金樽空对月"的诗人是多么的浪漫与放荡。"绿蚁新醅酒……能饮一杯无?"②在残雪的回光返照下,读懂了诗人期盼的目光。"白日放歌须纵酒,青春作伴好还乡。"③家书抵万金流露出诗人喜悦和愿望。"借问酒家何处有,牧童遥指杏花村。”[④]仿佛诗人穿透绵绵细雨，闻到酒香。“明月几时有，把酒问青天。”[⑤]酒杯中盛满了坡仙的豪放。“醉里挑灯看剑，梦回吹角连营。”[⑥]那是词人醉卧在沙场。“昨夜雨疏风骤，浓睡不消残酒……”[⑦]陪伴她的只有绿肥红瘦的海棠。“今宵酒醒何处，杨柳岸晓风残月。”[⑧]井水折射柳郎的缱绻惆怅。醉翁亭醉翁之意寄情山水，会稽山曲水流觞书圣开光。

酒入文化，温馨芬芳，妙笔生花，盛世华章。杯里乾坤小兮，壶中岁月长。国之大器兮，人之梦想。我为酒歌，我为酒狂。山为之雀跃兮，风为之癫狂。水为之欢呼兮，旗为之飞扬。改革大潮，浩浩荡荡，历史航船，乘风破浪。吟出新天地，注入正能量，引吭高歌，放飞梦想。国酒茅台，寰球共享。中华复兴，美酒飘香。

赞曰：国酒茅台天下奇，杯中早已种相思。

豪情万丈邀明月，笔力千钧遍地诗。

注：

①余光中《寻李白》

②白居易《问刘十九》

③杜甫《闻官军收河南河北》

④杜牧《清明》

⑤苏轼《水调歌头·明月几时有》

⑥辛弃疾《破阵子·为陈同甫赋壮词以寄之》

⑦李清照《如梦令》

⑧柳永《雨霖铃》

2015.6

为文以载道　论诗将通禅

——尚荣光先生作品读后感

十分荣幸,应邀参加荣获"中华诗词之乡"——太和友声诗社老社长、尚荣光先生的作品研讨会。尚老先生,久闻大名,未曾谋面,但其大作经反复吟诵,回味无穷,拜读再三,深为感动。

先生学识渊博,拜读了先生作品后,有以下几点感想。

一、言志。古人云:"诗言志,歌永言""在心为志,发言为诗"。从先生参加全国"李杜杯"诗词大赛获奖的《沁园春·书愤》中,赤子之心,可见一斑。"早岁天真,壮岁痴情,晚岁糊涂。只深宵伏案,幽灵酷似;长街叫卖,乞丐奚如?醉起狂歌,诗成大笑,坐卧无端振臂呼。凭谁去,问颜回陋巷,阮籍穷途!孤怀枉唤嗟乎,看天理人情还有无?任良心昧了,青云有路;奇冤沉尽,白刃无辜。屈子行吟,贾生献策,反使他人笑腐儒。无聊甚,更蔬添剩碟,酒尽残壶。"刘老夜烽评:"悲而不伤,豪而不粗"。"位卑未敢忘忧国""一片冰心在玉壶",拳拳之心,家国情怀,跃然纸上。

志存高远,笔有乾坤。以史为鉴,可以知兴替,先生在登西安慈恩寺塔时有感而发:

缅怀往事意如何?把酒临风气一嘘。
渭水几人知钓叟,阿房底事化丘墟。
楚人难霸关中业,秦火未焚圯上书。
古塔千年谁并茂,僧人经卷野人庐。

虽是旅游题景诗，透过历史烟尘，悟出国运兴衰之道。

在《斥强权·吊国殇》中写道：一九九九年五月八日凌晨，以美国为首的北约，轰炸我驻南联盟使馆，死伤多人。噩耗传来，悲愤填膺：

六合同哀吊国魂，昭昭史鉴合重温。
百年虚弱邦交坏，廿载腾飞国格尊。
不向空谈荒岁月，全凭实政定乾坤。
恃强凌弱寻常见，莫把贫穷付子孙。

落后就要挨打，贫穷定受欺凌。痛定思痛，振兴华夏，提升国力，自立自强于世界民族之林，“莫把贫穷付子孙”。

在《汪辜会晤》一诗中言道：

海天芳草久凄迷，又沐春风翠欲齐。
野老侵晨眠不得，起观红树待莺啼。

期盼金瓯一统之心，跳跃在字里行间。

尚老是位受人敬仰的离休老干部，红色基因已注入了他的生命，他深知打江山不易，守江山更难。当看到党内不正之风愈演愈烈，腐败现象日趋严重，心急如焚：江山靠谁守？春雷惊天地，打虎又拍蝇。以习近平同志为核心的党中央，以壮士断腕之决心和勇气，开展了反腐败斗争。党看到了希望，人民增强了信心，祖国又迎来了春天。人们拍手称快，先生引吭高歌：

家中媳妇也知愁,春日佯装醉酒楼。
忽见双规同案犯,怕听警笛响街头。

诗中,惟妙惟肖地刻画了贪官的众生相,也希望风清气正的时代到来。

二、抒情。言为心声,诗为情发。诗缘情,情为魂。一首好诗,口口相传、历久不衰的,大都是读后能使人心头一热,眼睛一亮,鼻子一酸,精神一振,拍手叫绝,击节称道者。一言以蔽之:以情动人,情是诗的灵魂。

家国情。大爱无疆,大爱莫过于爱祖国,爱人民。家似最小的国,国是最大的家。爱祖国,大;爱家乡,小;然,小中见大,大中蕴小,先生爱家爱国,咏诗述怀,不胜枚举。《沁园春·乡情》里有,《桑梓咏怀》里有,《南湖》里有,在《太和中学六秩校庆索句》中写道:

回首沧桑六十春,颍茨汲水涤倭尘。
八年背井山河泪,回首同窗手足亲。
无处为家长负笈,有怀投笔欲成仁。
及今相聚应相庆,同是天涯劫后身。

爱情。"发乎情,止乎礼"。尚老与夫人毛瑞之恩恩爱爱一辈子,甜甜蜜蜜两颗心,同甘共苦,风雨同舟,相敬如宾,相濡以沫,执子之手,与子偕老,看得出是幸福伉俪中的楷模。由此,也得出这样结论:尚老的事业、家庭、创作、为人、处事、威望、口碑、影响、贡献、长寿等等，取得如此辉煌的成就，应得益于这位贤妻良母，这位集中华儿女优秀品行于一身的伟大女性，请看《老伴四首》中之三：

转眼人成伛偻婆，妙龄香梦付蹉跎。
面如春水生波皱，顶似秋山落叶多。
黛玉苗条难执爨，貂蝉妩媚不锄禾。
寒门还是村姑好，偕老百年情不磨。

字里行间，洋溢着对老伴的欣赏和对真爱的赞美。

亲情。血浓于水，情缘于亲。先生亲情浓烈，既是严师，又是慈父。既育子成才，又教子报效国家，服务人民。在《送子参军》中：

号角动黎明，军车列队行。
不因除"四害"，哪得赴长征。
慷慨从戎意，亲耕教子情。
欲言无一字，拭目看红旗。

先生这种亲情上升到家国情怀昭日月，情深意切写春秋。

友情。"四海之内皆兄弟"。人非草木，孰能无情。情天恨海，无边无际，无处不有，无时不在，其友情又弥足珍贵。人生得一知己足矣。先生结善缘，交益友，朋友遍天下，知己存心中，讲道义，重友情，是先生"君子之交淡如水"的写照。

(一是)会友。《送陆世全会长反旆》:

拜会离筵嗟已迟,大家风范见才知。
公能避席宾为主,我忌沽名酒不诗。
化雨无私荣野草,春风有意暖寒枝。
悬知一面匆匆去,薪以重温会有期。

(二是)交友。美籍华人吴继举,太和人。抗战时流走他乡,是先生诗友之一,有诗为证:

卿念吴郎郎念卿,关山万里春潮生。
他乡何似故乡好,新人难忘旧人情。

"海内存知己,天涯若比邻。"诗书传喜讯,笔墨寄新春。

(三是)送友。《送别》:

欲休还说去还留,相对夕阳叹白头。
古往今来只如此,无须别后怅悠悠。

大有"挥手自兹去,萧萧班马鸣"之情调。

(四是)悼友。此类诗词,在先生集中多有体现,生老病死,新老更替乃不可抗拒的大自然法则。对于因各种原因故去的诗友,先生诗作中寄托了无尽的哀思与怀念。在《吊安徽省诗词学会原会长刘公夜烽》中可见一斑:

迟闻噩耗吊淮南，文曲星沉月已三。
八皖吟坛公树帜，五更惊梦我何堪。
秋风亳市同车访，夜雨庐州促膝谈。
往事萦怀难尽说，仰天一叹泪空含。

诗情。尚老先生一生读诗、学诗、写诗、爱诗，执着追求，一往情深。“路漫漫其修远兮，吾将上下而求索。”最终登上了诗山的高峰，成为闪烁皖北大地的一颗璀璨诗星。除了他创作大量脍炙人口的佳作，择优又出版两本诗集外，更令人佩服和敬仰的是他对中华优秀传统文化中的瑰宝——诗词的爱和情，还倾注到太和的友声诗社里。他从一九八五年起，和几位志同道合的诗友，组织成立了太和友声诗社。友声友声，不由得让人想起了《诗经》中的名句：“嘤其鸣矣，求其友声”。“同声相应，同气相求”。三十多年来，用他的心血深情呵护、培育、耕耘，这棵生长在淮北平原上的诗词之树，枝叶繁茂，硕果累累，得意门生有数百人之众。一分耕耘，一分收获，当尚老和众人看到太和县弘扬国粹，继承创新中华优秀传统文化，为坚持“文化自信”，努力实现中国梦而取得惊人成绩和喜人局面时，他们也应聊以自慰了。正如著名诗人艾青的诗句“为什么我的眼睛常含泪水，因为我对这土地爱得深沉”。

山水情。“登山则情满于山，观海则意溢于海”。读万卷书，行万里路，游历了祖国锦绣山川，爱祖国，爱自然，爱生活的冲动便在先生的心中、笔下汩汩流出。寄情山水，以景抒情，借景化境，取景生象，情中有景，景中有情，情景交融，先生许多山水诗皆循此道。试看：

《吊圆明园》之二：

登高认取旧阿房，杜宇声声柳絮狂。
已是沉沙埋折戟，依然流水过宫墙。
旧藏脂粉余无迹，新辟厅堂尚有香。
国耻长留遗址里，付于后世鉴兴亡。

先生通过巧妙构思、提炼、升华，这些山水诗都是一首首无声的画，有韵的诗，使人们在欣赏自然美的过程中，开阔了眼界，陶冶了情操，净化了灵魂，提升了品位。

三、塑美。爱美、寻美、赏美、追美、塑美，是人类极富有品位生活的必然要求，是精神生活的伊甸园。尚老用诗词的形式，塑造美，宣传美，歌颂美，给人们提供了许多令人享受的精神大餐。何至于此，正如诗词大家——叶嘉莹教授所说“诗词使人心不死”。心不死，美是要素之一。先生用他的生花妙笔，用他的诗词造诣，用他“何意百炼钢，化为绕指柔”的功夫，用他“放之则积微尘为大千，卷之则纳须弥于芥子”的开合之气，用他意在笔先、情在言外的技艺，用他文心清若水、诗胆大如天的担当；用他“语不惊人死不休”的追求，塑造人间真善美。

先生是塑美高手，高在何处？尹登林先生是这样评论的：“先生学识渊博，才思敏捷，为诗精于对仗，尤擅七律。”“问渠那得清如许，为有源头活水来。”“精神到处文章老，学问深时意气平。”

文如其人，诗见其心。先生德高望重，以他的高风亮节，赢得了人心，赢得了口碑。先生的做人、敬业、为师、授道正如著名诗人晨崧的诗：

人有精神诗有魂，学诗先学做诗人。
行仁播德当诗仆，浩气清纯一片心。

习近平总书记说："学诗可以情飞扬，志高昂，人灵秀。""正得失，动天地，感鬼神，莫近于诗。"

让我们携手共进，踏进文艺复兴的春天，为继承和创新中华优秀传统文化，为中华民族的伟大复兴而"乘风破浪会有时，直挂云帆济沧海"。

花开解语，诗成养心。祝愿尚老诗心不老！健康长寿！

《庐州诗苑》第六十七期

2017.6

一碗鱼汤

人的一生有许多记忆,有的终生难忘,有的刻骨铭心,尤其是儿时,尤其是年轻时,尤其是困难时,尤其是痛苦时。

在我诸多不能忘却的记忆中,有一件事,常常回忆起,永远是那么甜蜜,那么幸福,多么美妙!

时光摇回到20世纪50年代,我那时不到十岁,秋末的一场病,使我幼小生命到了垂危的边缘。粮食匮乏,经济拮据,生活艰辛,身体瘦弱,极易生病,些许小病也就抗过去了,这次却不,久治不愈,历时月余,高烧时断时续,茶饭不思,通夜难睡,四肢无力,精神不振。父母成天忧心忡忡,愁眉不展,看样子比我还难受。当时医疗条件简陋,经济又十分困难,父母以种菜谋生,还要养育我五个兄弟姐妹,能不饿死就是万幸了,哪有钱一次一次花在看病上呢?我一发烧,妈妈就背着我,不管是白天还是黑夜,不管是风里还是雨里,四处求医(也没钱上大医院),弄了点药回来退退烧。以泪洗面的妈妈,无奈中不得不求佛祖保佑。

不知是病急乱投医歪打正着,还是生命力顽强,抑或是年幼无思想负担,慢慢地也就日渐好转(以后才得知,当时我生的是一种叫"伤寒"的病),在断断续续近二十多天不能正常进食的情况下,身体虽逐渐恢复,但胃口仍不好,没有多少食欲,医生交代,先以流汁且少许,渐增。为了能打开我的胃口,妈妈想了许多办法,其中便是我要说的一碗鲫鱼汤了。

我老家是合肥城北的一个叫小桥湾的地方,距市中心也只有2

千米之遥，后随着城市飞速发展变化，老家早已消失得无影无踪了。老家只有两户人家，且为亲戚，周围均是菜地，一年四季常青。故乡犹如绿色海洋中的岛屿，东边不远处，一条由北向南的小河——板桥河潺潺流过，入淝河、注巢湖。岸边的菜农们，就是用她的乳汁浇灌蔬菜、庄稼、粮食，浇灌着生计。那时真是微风徐来，碧波荡漾，鸟儿在树上歌唱，鱼儿在水中游弋，男人们在水中摸鱼捉虾，女人们在水中淘米洗菜，儿童在水中洗澡玩耍……时间已近年冬，大地冰雪覆盖，田里不见人影。这时，只见河面上一捕鱼者，划着一只小船，身着厚厚棉皮袄，袒露一只胳膊，一手划桨，一手在冰凉的水里，靠岸边走走停停，不时地将躲在泥中或追逐人的体温、动作又迟缓的鱼儿捉住，丢入盆中。为了抗寒，他从怀中摸出一个小铁酒壶，呷上一口，又继续并乐此不疲。妈妈在岸上看到，便从渔人盆中买回了几条银光闪闪、活蹦乱跳的鲫鱼，高兴地回家给我做鱼汤了。

冬天太阳下山早，当夜幕降临之时，晚饭也就开始了。只见妈妈端来一碗热气腾腾的鲫鱼汤，香气扑鼻，色如乳汁，点点油花飘浮，根根香菜隐现，鱼肉洁白细嫩，品上一小口，哇，真是鲜不可言！我一下胃口大开，狼吞虎咽起来。妈妈在一旁见状，不断提醒：当心有刺，慢点慢点，又没人跟你抢。不一会儿，一碗连肉带汤的美味喝得精光，看着我并未满足的眼神，妈妈说："孩子，你刚好，医生也说了，一次不能吃太多，吃多了，肚子受不了的，慢慢来，水缸里还有鱼，明天再烧，要听话！"我只好点点头。

随着年龄增长，上学、工作，直至退休，山珍海味，生猛海鲜也吃了不少，但所有的美味佳肴，都远不及妈妈的那碗鱼汤，那美味、那清香、那色泽，入肠胃，贮脑海，留记忆，引遐想，永难忘……

《合肥日报》

2018.3.25

问

我问时间:跑那么快,干吗?

答:追赶孔方兄呀。

那灵魂呢?

不在脑后吗?

我问故乡的小溪:儿时的乳汁呢?

答:没有奶水,只有泪水呀。

我问风:你把那吸一口沁人心脾的空气弄哪儿去了?

答:我也不敢呼吸了。

我问夏日天上的星星:儿时躺在竹床上和你眨眼睛,现在很难看到你,好想你啊!

答:我也找不到自己了。

我问天堂的父亲:您是种菜高手,当初香甜可口的蔬菜、粮食呢?

答:孩子,适者生存嘛!

我问药:您来了,病除了?

答:我也病了,

我问良心:价值几何?

答:迂腐。

我问信仰:您姓什么?

答:无名氏。

……

2018.6.18

小说

风雪夜归

除夕,夜幕初降,辞岁的爆竹声便断断续续地响了起来,雪花扑打着沿街的花灯和春联,寒风里弥漫着菜香和烟火味,整个江城沉浸在浓浓的节日气氛中。

工厂昨天下午就放假了,玉芬在手脚麻利地油炸山芋丸子——这可是他最喜欢吃的了。儿子志斌一边搭积木,一边不断地问:“妈妈,你不是说爸爸回来过年吗,怎么还不回来呀?”看着儿子红扑扑的圆脸和扑闪闪的大眼,好像又看到他的影子。玉芬忍不住在儿子脸蛋上亲了一口,问:“斌斌,你想爸爸不?”“想——”“想他干吗?他把我们都忘了。”玉芬团着丸子故意和儿子打趣。

“爸爸是解放军,在打坏蛋,他把我们都放在心里——妈妈,这不是你说的吗?”别看志斌人小,挺懂事。玉芬望着儿子哧哧地自笑了,轻轻地唱起了《十五的月亮》。十天前接到他的信,说:“一场恶仗后,部队撤下来休整,领导命令我回来过年。”玉芬估摸着,最迟今晚也该到家——今晚是除夕呀。等待的滋味是最苦涩的,又是甜蜜的;苦涩和甜蜜一秒一秒地增长着……

“丁零零——”一阵急促的自行车铃声由远而近。“一百八十号,电报!”玉芬将信将疑地打开了门,只见风雪中站立着一位邮递员,手中的电报上落着一层雪花。她急忙在围裙上擦擦手,笔尖颤抖地签了字,连一声“谢谢”都没说,关上门,忙不迭地拆开看,不觉头“嗡”地一蒙,心儿像挂在屋檐的冰凌……

二十点,江边传来一声汽笛,大轮靠岸了。半小时后响起了叩门声,是他,是他!玉芬心跳突地加剧了,泪水涌了出来。虽说儿子已经这么大,可和他在一起的时间加起来也不足三个月呀!门开了,他满身雪花闯了进来,顾不及卸下背包,一把握住妻子的手认真端详着傻笑着。“玉芬,你——哭了?”玉芬倒真想扑进丈夫的怀抱里痛痛快快地哭一阵,但她忍住了,喃喃地说:“我这是高兴的呀!”他掏出了手帕轻轻地擦拭着妻子脸上的泪花:“玉芬,我不是好好地回来了吗?你……”她掰开他的手,给他弹去身上的雪花,又打来洗脸水。

洗去征尘和疲劳,他才注意到自己日夜魂牵梦萦的这个家十八平方米的斗室已被布置一新,餐桌上摆满了菜,炉子上的砂锅喷着白汽,香味四溢,温馨甜蜜,他好像进入了另一个世界,一股暖流涌遍全身。志斌圆睁着眼,打量着这位和妈妈说话的不速之客。

“嘿嘿,这就是我的宝贝儿子!长这么大,快让爸爸亲亲。”他两眼放射喜悦的光,说着弯腰就要抱,儿子慌忙躲开了他。

妻扑哧一笑,把儿子揽在怀里,轻轻地说:“斌斌,你不是天天想爸爸吗?这就是爸爸呀!他刚打完坏蛋回来,你不认得啦?”他摊开两手向着儿子,儿子仍然怯生生地望着他。“斌斌,快去叫爸爸呀,爸爸还有小手枪呢!”母亲的感染,父亲的召唤拨动着一根爱的琴弦,志斌终于扑向爸爸……

他把儿子抱在膝头,品着佳酿尝着菜肴,妻在旁边一个劲地给他夹菜。他醉了,酒未入肠心先醉了。他点着香烟边抽,边讲着前线生活,生死的战友,血染的南疆,还有猫耳洞,英雄树……妻静静地听着,仿佛自己也置身于硝烟弥漫的战场,一肚子埋怨担心和思念都化做成更强烈的爱。她为自己的丈夫是一名军人感到自豪,也为自己作为军人的妻子而感到由衷幸福。

时钟正嚓嚓地走向午夜,儿子已在他的怀中甜甜入睡,玉芬收拾停当,把孩子放进被窝,挨着他身边坐下。

白炽灯光使房间显得更加静谧、温馨。妻子细细地端详着他,突然瞪大眼睛问:"这是什么时候负的伤,嗯?"他淡淡一笑:"攻打老山时,炮弹皮从耳边擦了一下,小意思。"玉芬用手摸着他腮边的疤痕,口气里充满了责备:"为什么不来信告诉我?""又没伤筋动骨,讲了反而叫你挂念。""你呀——不知道人家成天揪着心呐!"妻的柔情,润甜了他的心。他捧着妻的手紧贴在胸口,说:"枪炮一响,生死早置之度外。不过,越是怕死的人死神往往就越靠近他。不信你看我,火线上几进几出,其他地方连个纪念都没留下。嘿嘿,等会你可以检查嘛!"这一说,本来几乎是噙着眼泪的玉芬也破涕为笑了。

望着沉浸在幸福中的丈夫,玉芬心里矛盾极了,感情和理智激烈地搏斗着,藏在衣袋里的电报像一团火,灼灼炙人。结婚四年,年年春节盼他团圆,年年落空,好不容易盼到这一回,可是……

而且此一去……屋内静得出奇,只有座钟的"嘀嗒"声在回响。当玉芬眼光落在丈夫鲜红的领章、闪亮的帽徽时,她心里像燃烧着一团火苗,热得发颤。丈夫属于自己,可更属于祖国啊!她扭过脸,把握在手中的电报递了过去说:"这是给你的!"

"什么?"他下意识地一把夺过,忐忑不安地展开电报,一行清晰的电文:"接电火速归队!"他愣了片刻,似乎不相信自己的眼睛,屋子里的空气也好像凝固了。沉默,寂静,思索,军人的职责和道德使他浑身热血沸腾,抬腕看看表已是夜十二点。他扳过妻子的双肩竭力平静着感情的波澜,低声说:"玉芬,我是一连之长,战争不能没有连队,连队不能没有连长。这时来电报,说明情况紧急,你……能体谅吗?”看着低头不语的妻子,看着熟睡的儿子,看看这个没他的家,他说不下去了。

玉芬用手帕擦干了泪,轻轻地问:“明天走行不?”一丝柔情涌上心头,他也是个有七情六欲的热血男儿,四年来不就是盼着这个团圆年吗?沉默片刻,不无惆怅地说:“玉芬,我是个军人,你是军人的妻子,军令如山,你……安心叫我蹲得住吗?”

“那……仗什么时候能打完?”“除非对手不愿打了!”留人要留心。她太了解自己的丈夫了,于是从台板上取下一张母子的合影,递给他说:“让我们跟你一起去,伴在你身边。”看着大山似的丈夫,她又以女人特有的细腻叮嘱道:“别老是大大咧咧的,记住,将不在勇而在谋”,说着轻轻拉过他的大手,“这是买车票的钱,我知道你不缺钱,但这是我的心意。”看着眼前陌生而又熟悉的妻子,他激动得无法自抑,突然以军人的粗犷一把把妻子紧紧搂进怀里。他第一次在妻的面前流下滚烫的泪,深深地吻着……

雪花像飞舞的蝶群撞在玻璃窗上,萧萧北风仿佛在吟唱着一支惜别的歌……

他爱怜地擦去妻子眼角的泪,理顺她的秀发,又轻轻地吻了一下刚刚认识爸爸的儿子,然后猛地一转身,拉开门,踏上了茫茫的风雪之路……他背后,第一百八十号的屋檐下,立着一个女人的倩影,久久地,像一尊洁白的雕像。四周,爆竹声声,歌声绵绵,酒香袅袅……

《安徽日报》

1985.12.8

附评:

《风雪夜归》这篇小说,我很喜欢。我喜欢的是它的风格,一种亲切的淡淡的抒情气氛扑面而来,如主人公的柔情,对丈夫对祖国深深的爱,都是在这种淡淡的自然的气氛中体现出来了。小说虽短但不单薄,语言简练而不枯燥,节日、小孩、丈夫归来都渲染得很好。读后会使人产生一种灵魂净化的感觉,这是此篇小说主要成功之处。应该说,这类题材是不好写的,过去写这类题材的作品甚多,想脱出窠臼很不容易。作者很年轻,此篇是他的处女作,这就更难能可贵了。当然,这篇小说也有他的缺点也有不够自然之处,她的丈夫还未到家,电报先到了,他脚没站稳又要走了,这就给人以巧合之感。电报当然可以来,但完全可以处理得自然一些,丈夫也不一定马上就要走。现在就这样处理,也是作者为了表现玉芬情感的手段,其实若不这样处理,也完全能表现一个军人妻子的高尚思想情操的。

我这个意见,可能是苛求了。我总感到,作者的文笔很朴素很优美,起步很扎实,我希望他再写出更好的小说来。

鲁彦周

《安徽日报》

1985.12.8

跋一

一生愿与诗做伴

春桃

在合肥市的作家队伍中,很有几位市直机关的领导干部。他们酷爱文学,利用业余时间从事着文学创作,而且,也都发表过不少好的作品,沈煜就是其中较突出的一位。

他早先曾是合肥市老干局局长,后来又出任过两届市人大法工委主任。他说他爱好文学是与生俱来的,最初还只是以写点儿小诗为乐,随后便一发不可收拾了。在我的印象中,他主要写诗,也写散文,其中《秋水》这首诗,还被一家出版社编入了《中学生记叙文》写作训练的辅导书。好像也就写过一篇小说,那是一篇只有一千多字的短篇,却得到著名作家鲁彦周的点评,说他很喜欢那篇小说的风格,似有"一种亲切的淡淡的抒情气氛扑面而来"。小说中所以能有一种"扑面而来""亲切的淡淡的抒情气氛",显然与他一直以来潜心于诗的写作有关。

这以后,我和我先生陈桂棣离开过安徽一段时间,这次回来,他邀请我们参加了一次聚会,才知道他退休之后一直都没有闲着,因为时间上变得宽裕也更自由,他写诗的劲头就越来越大,也越发痴迷了。虽然仍在写诗,却已从自由体的新诗改成了传统的旧体诗词,还担任了安徽省诗词学会的副会长并兼任庐州诗词学会的会长。那天前去聚会的,原来都是省内诗词写作上的高手。临别时,他把这部即将付梓的《秋水无痕》书稿给了我,让我看一看。

应该说，我对诗歌的创作已经很陌生了，但我的文学之路却是从写诗起步的，写的当然也只是新诗。发现沈煜竟然由新诗转向了传统诗词的写作，我多少还是有些诧异的。认为他写自由体的新诗已经有了相当的经验了，突然放弃自己熟悉的，而换成一种原先生疏的文体，想写出好的作品来会十分不易。现在我们习惯地将旧体诗称作"传统诗词"，所谓"传统"，一是说它是历史上流传下来的，二是说它在历史上曾经居于主流地位。也就是说，这种形式的诗歌，在今天，已不可能再处于主流的位置。当然，我知道，中国的传统诗词，"诗小乾坤大，言短日月长"，犹如牡丹一样一向被看作是"国之瑰宝"，散发着国色天香。我曾不止一次地想象过，把中国历史上那些如此经典、凝练、百读不厌，浸润着非凡的东方文化、凝聚着一代又一代中华儿女人生智慧的诗词歌赋翻译成西方的文字，将会变成什么样子？

鲁迅先生除写杂文和小说，也有着写传统诗词的雅兴，并且是从 19 岁写到 54 岁，直写到临终前的那一年。尽管他只留下了不到 80 首诗词，却为我们留下了许多直抵人心的千古佳句："无情未必真豪杰，怜子如何不丈夫"；"忍看朋辈成新鬼，怒向刀丛觅小诗"；"横眉冷对千夫指，俯首甘为孺子牛"。

诗，乃至诗词，之所以有别于其他的文学样式，就在于它要有韵味。在传统诗词的写作上，好像有着一个久久争论不休的问题，就是如何看待它的新韵与旧韵。这方面我没研究过，但如果仅仅从世界在发展，文化也理应与时俱进这点上看，故步自封显然是不可取的。尽管传统诗词有着它约定俗成的章法与格律，鲁迅就曾明确地表白过，他只押"大致的韵"。虽然他也继承了玉溪生的无题体裁以及老杜的诗史性，但仍不难看出，他只是在走自己的路，甚至，爱"剑走偏锋”,字里行间夹杂着他独有的幽默与调侃。可以说,在中国古典诗词的写作上,鲁迅算是个“另类”,也正因为特立独行,方显出他的大境界和大智慧。

老实说,在开始看沈煜的这些新作时,我是有点儿担心的。担心有着太多条条框框的旧体诗词的陈规旧律,会窒息他的想象力,挫伤他奔腾澎湃的诗情。让我没有想到的是,他的旧体诗词居然比以往的新诗写得更好。我注意到,书中除收入了他过去发表过的散文、小说以及评论文章,让人眼睛一亮的,还是他近年来创作的不少旧体诗。他说,他要将自己人生的悲欢离合、风花雪月、春华秋实、喜怒哀乐记录下来,与人分享。他的人生确实是多彩的,他的这些作品呈现给大家的同样也是多彩的。

尤其是,通读了他的这些诗词之后,我甚至觉得,他过去就不该把那么多的时间和心血花费在新诗的创作上。不过,话又说回来,没有数年如一日地在自由体的新诗上打下扎实的根基,而且在生活和艺术上做了这样充分的准备,他是断然不会有今天这样喜人的一跃!因此,只能说,他和许多老同志退休之后爱上了旧体诗词不同的是,在他决定转向传统诗词的写作之前,在他的身后,已经留下了深远而又坚实的脚印,已经练就了一个诗人具有的嗅觉与目光,所以才会有如此华丽的转身。

他说:“充满诗意的生活,才是人生的追求和享受。”读他的诗,我们就是在读他的人生。他的生活是充满着诗意的,他的追求已赢得了丰厚的回报;他的这种享受,我们分明也从他的作品中感受到了。

常听人说,“老有所养”“老有所乐”。此刻,掩卷一想,这话不全对了。当年曹操尚且说过,“老骥伏枥,志在千里。烈士暮年,壮心不已”。今天沈煜也在用他400余首的诗词作品在现身说法，这就是：人虽老之将至，不仅只是“老有所养”“老有所乐”，更应该“老有所学”“老有所为”，并且是可以大有所为的呢！

不错，秋水无痕，但，雁过留声。祝贺沈煜先生给了我们这么多快乐和人生的感情。

2018.3

（本文作者系《中国农民调查》作者之一）

跋二

“生粉”絮语

文林

“生粉”是沈煜先生粉丝的简称，泛指那些喜欢他作品的人。沈先生从 20 世纪 80 年代开始文学创作，内容涵盖新诗、传统诗词、散文、小说、评论等。作品涉及面广，堪称文学创作“多面手”，百花园地辛勤的耕耘者。

纵观沈先生作品，尤其诗歌——他的拿手强项，是多数读者所欣赏所喜爱的。列举一二：

1991 年底，沈煜先生在下班途中，看见合肥市四牌楼邮局报栏前，有一年轻男子在抬头看橱窗里的《安徽日报》，手中还拿着笔纸记着报上的内容。出于好奇走近一看，见正在抄写 12 月 28 日副刊上刊登他的诗歌《山居秋色》：“不要把夕阳推得那么远/无尽的缱绻醉了半个天/晚风的温柔中/炊烟忽闪忽闪/暮归牧笛/吹眠了近水远山……”多美的诗！情景交融，令人陶醉！读它是心灵的愉悦，又是视觉的享受。“夕阳”也可看作一位年迈的老者，他（她）容颜衰老，工作事业也不再如日中天，但岁月历练的睿智聪慧和年轻的心态，仍然是令人尊敬的。诗中蕴含的“莫道桑榆晚，为霞尚满天”的意境，又仿佛让人看到一幅夕阳映满天，烟霞绕山水的水墨画。

心在哪里，收获就在哪里。沈先生热爱痴迷诗词已深入骨髓，据说沈煜的名字，也因推崇南唐后主李煜的诗，而在 20 岁之后易名的，可见他学诗爱诗到何等程度。正因他有这种源于内心的动力和兴趣，才能下苦功学习钻研新诗的写作技巧和方法，掌握和诵读传统诗词的格律韵味和精美字句，日趋完善，佳作频出，多次获奖，深受读者(生粉)的好评喜欢。21世纪初，沈煜先生到基层单位调研，一位工作人员看到他，才知这就是仰慕的诗作者。原来沈先生1995年刊登在《安徽日报》上一首诗作《水杉》，多年来被这位诗歌爱好者收藏，压在办公室玻璃板下，珍爱诗里表达的一种正直坦荡的精神和积极向上的生活态度："择土而居/依水而眠/生就生得堂堂正正/长就长成一片伟岸/根扎进泥土的深处/吮吸无尽的甘甜/争与阳光接吻/狂风/吹不倒坚强信念……"更有少年儿童，在合肥市关心下一代工作委员会成立20周年大会上，深情朗诵沈煜先生关爱祖国花朵的诗作，还有，他的《秋水》一诗1992年在《安徽日报》发表后，被安徽教育出版社选入《中学生记叙文》，作为写作训练教材，影响力进一步扩大，读者面进一步拓宽。

沈先生用心品味人生，用爱滋润诗词。他的有些优秀作品在《中华诗词》《诗词世界》《红叶》等报纸杂志发表后引起诗友频频赞叹，特别是他对爱情忠贞执着的诗词，读之催人泪下，动人心魄！法国作家缪塞说：最美丽的诗歌是最绝望的诗歌，有些不朽的篇章是纯粹的眼泪。如他写的《临江仙·冬》"总忆当年同戏水，鸳鸯交颈和鸣"，《江城子·无题》"相思又到梦中央。老时光，旧衣裳。物是人非，独自暗悲伤。曾忆当年初见面，眉儿跳，手儿凉。　　同声相应诉衷肠。羡鸳鸯，谢红娘。岁月无常，花落何方。正谱芳华情却断，心似木，发如霜"等诗词，引起诗友共鸣。一诗友道：好词！犹喜老时光、旧衣裳、心似木、发如霜，句精意长，文字功夫了得！

亚里士多德很早说过，美使人净化，悲剧使人净化，诗使人净化。沈先生来自贫苦家庭，十七岁就从军，在革命熔炉中成长，直至转业到地方从事行政工作。他在烦忙工作中坚持文学创作爱好，实属难能可贵！正因为他的成长经历，造就他的诗作充满正能量，有泥土的芬芳，有爱情的纯真，有对事物的思辨，有对正义的歌颂，有对美好的憧憬！他的“生粉”们，在祝贺《秋水无痕》诗集付梓之时，期望能看到更多更好的佳作问世，我们也会一直关注和力挺着！

愿沈煜先生成为“诗坛”上一道不得不阅读“秋日胜春潮”的风景！

2018.12

后 记

这本小集子,前后历经近6年时间,反复打磨,不断推敲,方“尘埃落定”。特别是格律诗词,经名师指点,细心雕琢,才能大体合律,进入“初级阶段”。

这本集子,十分荣幸地受到年逾九旬、德高望重、名震江淮诗坛的潘培咸、盛法两位老领导、老前辈的高度重视,认真审阅、仔细把关、热情点评、悉心指导;安徽省诗词学会会长陆世全兄热情洋溢作《临江仙》表示支持。在付梓前,庐州诗词学会副会长金长渊先生通审并赋诗赞许。《鹧鸪天·读〈秋水无痕〉》:“秋水无痕澄碧波,珠玑满匣贵研磨。感怀题咏求真趣,言志抒情赋雅歌。攀峻岭,涉长河,归来不倦喜吟哦。桑榆未晚夕阳灿,瀚海前行效骆驼。”在出版事宜上高兴地得到了老朋友《中国农民调查》作者陈桂棣、春桃夫妇的关心支持,春桃对作品进行全面分析,提炼出耐人寻味的评论,本集子还请来省级媒体王苏陵、王蜀两位总编审阅把脉鼎力相助。

在编辑过程中,安徽文艺出版社岑杰副总编指导,姚衎编辑精心编审,合肥市市直机关印务有限公司黄家秀董事长及相关人员不辞辛苦、任劳任怨地工作,在此一并表示衷心感谢!

岂能尽如人意,但求无愧吾心!

本集出版发行之时,正是己亥新春之际,“观海踏山能养性,吟词敲韵不言闲。痴心不改问明月,盈袖梅香拜大年。”以此献给可爱的祖国和我的亲朋好友！

沈煜

2019.2 于合肥